U0541010

中国诗歌经典作品一百首系列

新诗一百首

周啸天 注评

商务印书馆国际有限公司
中国·北京

图书在版编目（CIP）数据

新诗一百首 / 周啸天注评. ——北京：商务印书馆国际有限公司，2021.7
（中国诗歌经典作品一百首系列 / 周啸天主编）
ISBN 978-7-5176-0825-7

Ⅰ.①新… Ⅱ.①周… Ⅲ.①诗集—中国—现代 ②诗集—中国—当代 Ⅳ.① I226

中国版本图书馆 CIP 数据核字 (2021) 第 129079 号

新 诗 一 百 首
XINSHI YIBAI SHOU

注 评 者	周啸天
出版发行	商务印书馆国际有限公司
地　　址	北京市朝阳区吉庆里 14 号楼 佳汇国际中心 A 座 12 层
邮　　编	100020
电　　话	010 - 65592876（编校部） 010 - 65598498（市场营销部）
网　　址	www.cpi1993.com
印　　刷	北京中科印刷有限公司
开　　本	880mm × 1230mm　1/32
字　　数	120 千字
印　　张	5
版　　次	2021 年 8 月第 1 版第 1 次印刷
书　　号	ISBN 978-7-5176-0825-7
定　　价	32.00 元

版权所有・违者必究
如有印装质量问题，请与我公司联系调换。

序言

　　将"五四"以来的白话诗称为"新诗",是一种权宜之计。

　　一部旧诗史是格律化的诗史,而"新诗迅速普及,致胜之因,全在自由——抛掉旧体诗词的格律,获得形式的自由;舍弃典雅陈古的文辞,获得语言的自由;放逐曲达宛喻的传统,获得意趣的自由。那时的新诗又叫自由诗。新体灿然而光,旧体黯然而晦"(流沙河)。由于是自由体,它的美(形式美)只能处于不断的探寻中。唯其如此,便没有惯例可循。新诗较旧体诗词,更深入生活细节,更重视思维深度,对好句、意象、构思、内在韵律有更高的要求,因而更难以藏拙,更需要原创性,更需要天才。

　　新诗发煌之初,废名有一个意见,未必所有人都能同意,却是不应忽略的,因为他试图说明新诗与旧体诗词在本质上的不同——"旧诗的内容是散文的,其诗的价值正因为它是散文的。新诗的内容则要是诗的,若同旧诗一样是散文的内容,徒徒用白话来写,名之曰新诗,反不成其为诗。"(《新诗十二讲》)此论令人耳目一新,可惜的是,什么是诗的内容,什么是散文的内容,他没有讲清楚。

　　新诗的思维语言是白话,白话是生活语言,也是活的语言。它是活泼的、开放的、日新月异的。在语汇上,白话比文言更丰富;在表达上,白话更注意追求语言的张力。张力就是带劲。"我不骗你,我不是什么诗人"(闻一多《口供》),逆挽如挽弓,就有张力;"时间开始了"(胡风),突兀也有张力,表达了一种"历史从我开始"的一代人的自负感;"所有的日子都来吧,让我编织你们"(王蒙),用祈使句表达一代新人的自我陶醉,也有张力。很难想象同样的意思用文言纳入五七言古近体,还这么带劲。

新诗的完成度高,更有技巧的追求,更容易做到应有尽有,应无尽无。旧体诗词的句式、句数固定,却不免凑字、凑句、凑韵。新诗力求醇化、净化,没有字数、句数的限制,故无须凑字、凑句;没韵脚也能成诗,故也无须凑韵。"我清楚地忆起了她,我曾强行挣脱过她的拥抱,她留在我脖子上的那条断臂,今世依然无法接上。"(严力《永恒的恋曲——维纳斯》)新诗中通感非常活跃,字句的语言关系十分密切,无缝连接,没有多余的话,感觉特别自然。前人说杜甫七律或"只须前半首,诗意已完,后四句以兴足之。去后四句,于义不缺,然不可以其无意而竟去之者"(吴乔《答万季埜诗问》),新诗更是天衣无缝。

新诗较之旧体诗词,更有意识地追求陌生化。柳亚子曾经说,作诗词难,作新诗更难。何以言之?周作人说,旧诗"是已经长成了的东西,自有它的姿色与性情,虽然不能尽一切的美,但其自己的美可以说是大抵完成了"(《论人境庐诗草》),容易写成似曾相识的东西,训练出"创造性模仿"。其负面作用很明显,那就是"抑制勇于创新的诗人,扶助缺乏灵感的诗人,把天才拉平,把庸才抬高"(宇文所安《初唐诗》)。明诗对于唐诗,就是如此。

杜甫说:"少壮能几时,鬓发各已苍。"(《赠卫八处士》）李煜说:"沈腰潘鬓消磨。"(《破阵子》)新诗不能这样直说。"那个小男孩,已提前三十年出发,我如何才能赶上他?"（张应中《童年》）"那个小男孩",便是童年的"我"。对于现在的"我",又是"非我"——是"他"。三十年过去了,教"我"如何去找回"他"?我非我,非我即我——不说沧桑,却含三十年沧桑;不说伤逝,却含太多惆怅。新诗丰富了汉语的表现力。

内在韵律,这个是古今"通邮"的。曹操《短歌行》一面写人生的无常,一面写对永恒的渴望;一面写人生的忧患,一面写人生的欢乐——"读者只觉得卷在悲哀与欢乐的漩涡中,不知道什么时候悲哀没有了,变成欢乐,也不知道什么时候欢乐没有了,又变成悲哀,这岂不是一个整个的人生吗?"（林庚）这就是内在韵律。新诗对内在韵律的追求,更甚于外在韵律。郭沫若说:"不曾达到诗的堂奥的人简直不会懂",进而指出"内在的韵律便是'情绪的自然消涨'"。他的俳句"声声不息的鸣蝉呀!秋哟!时浪的波音哟!一声声长此逝了……"（《鸣蝉》）前两句是涨,后一句是消,完全传达出秋日鸣蝉的听觉之美和逝者如斯的内心感受。这是秋声,你就说它是大自然的音乐也可以。

一般说来,传统诗词是以真实经验为基础的诗歌,就拿李白的"燕山雪花大如席"来说吧,"燕山究竟有雪花,就含着一点诚实在里面,使我们立刻知道燕山原来有这么冷。如果说'广州雪花大如席',那就变成笑话了"（鲁迅《漫谈"漫画"》）。而新诗的想象可以颠覆常识,如洛夫的"中午,全世界的人都在剔牙"（由于时差绝无可能,但人毕竟剔牙）,"一群兀鹰……也在剔牙"（常识:兀鹰无牙）,其吊诡的想象就是超验的。

新诗的成就,从来没有被高估过。然一百年间,代有才人。据说每一个新诗人,都认为自己写得最好,这何尝不是好事。举百首新诗,自然会挂一漏万,以偏概全。本书选诗的标准,一是偏于经过时间检验,早成名篇的;二是篇幅短小,容易成诵的;三是本人有幸读到,且有所会心的。谚云:"口之于味,有同嗜焉。"又云:"谈到趣味无争辩。"各有道理。

有兴趣的读者,可循此进一步阅读,是为至盼。

周啸天

目录

刘大白	邮吻	1
周作人	两个扫雪的人	2
胡适	梦与诗	4
刘半农	教我如何不想她	5
郭沫若	Venus	7
	夜步十里松原	8
	立在地球边上放号	9
	天狗	10
	我是个偶像崇拜者	12
	太阳礼赞	13
	天上的街市	14
	瓶(其三十一)	16
康白情	和平的春里	17
徐志摩	沪杭车中	18
	沙扬娜拉——赠日本女郎	19
	为要寻一个明星	20
	再别康桥	21
	我不知道风是在哪一个方向吹	23
田汉	义勇军进行曲	25

2 新诗一百首

闻一多	国手	26
	口供	27
	死水	29
	一句话	30
李金发	有感	32
冰心	纸船——寄母亲	34
汪静之	无题曲	35
冯至	蛇	37
	译自海涅	38
戴望舒	雨巷	39
	狱中题壁	42
臧克家	老马	43
	老哥哥	45
	村夜	47
	有的人——纪念鲁迅有感	48
王亚平	灯塔守者	50
苏金伞	埋葬了的爱情	51
沈祖棻	别	53
卞之琳	断章	54
	鱼化石（一条鱼或一个女子说）	55
艾青	煤的对话	55
	我爱这土地	57
	太阳	58
	手推车	60

	乞丐 ……………………………………	61
	礁石 ……………………………………	63
	鱼化石 …………………………………	64
何其芳	河 ………………………………………	66
辛笛	风景 ……………………………………	67
纪弦	脱袜吟 …………………………………	68
	你的名字 ………………………………	69
鲁藜	泥土 ……………………………………	71
田间	假使我们不去打仗 ……………………	72
	坚壁 ……………………………………	73
冀汸	罪人不在这里 …………………………	74
穆旦	诗八章（其七）………………………	75
郭小川	乡村大道 ………………………………	76
绿原	尽管我再也不会歌唱 …………………	78
牛汉	半棵树 …………………………………	80
贺敬之	三门峡——梳妆台 ……………………	81
	桂林山水歌 ……………………………	85
木心	从前慢 …………………………………	89
余光中	乡愁 ……………………………………	90
	民歌 ……………………………………	92
	控诉一支烟囱 …………………………	94
洛夫	烟之外 …………………………………	95
	剔牙 ……………………………………	97
流沙河	就是那一只蟋蟀 ………………………	98

梁上泉	月亮里的声音——给月琴手沙玛乌兹	102
痖弦	如歌的行板	104
郑愁予	错误	105
王蒙	不老	107
李清联	祖国啊	108
张新泉	致蚊子	109
雷抒雁	雷雨	111
	雨	112
席慕蓉	一棵开花的树	112
杨牧	玛河——写给我的生命	114
	故乡	116
叶延滨	想飞的山岩——惊心动魄的一瞥	117
北岛	回答	119
舒婷	致橡树	121
严力	还给我	123
梁平	耳顺	125
顾城	一代人	126
	眨眼	127
汪国真	热爱生命	129
凸凹	最怕	130
海子	亚洲铜	131
	面朝大海,春暖花开	133
西川	献给玛丽莲·梦露的五行诗	134
李元胜	走得太快的人	135

高凯	村小·生字课	137
许庭杨	麻城村八两重的黄昏	139
叶辉	另一个情人藏在床下	140
龚学敏	在江津清源宫	141
敕勒川	一根白发	143
郑兴明	代替	144
曹东	送葬	145
刘年	驼背	146
余秀华	打谷场的麦子	147

出版声明

本书选收的少部分作品，我公司尚未取得著作权人的授权，请有关著作权人见到本书后与我公司联系。联系地址及电话见本书版权页。

商务印书馆国际有限公司
2021 年 8 月

邮吻

刘大白

我不是不能用指头儿撕,
我不是不能用剪刀儿剖,
只是缓缓地
轻轻地
很仔细地挑开了紫色的信唇;
我知道这信唇里面,
藏着她秘密的一吻。

从她的很郑重的折叠里,
我把那粉红色的信笺,
很郑重地展开了。
我把她很郑重地写的,
一字字一行行,
一行行一字字地
很郑重地读了。

我不是爱那一角模糊的邮印,
我不是爱那满幅精致的花纹,
只是缓缓地
轻轻地

很仔细地揭起那绿色的邮花；
我知道这邮花背后，
藏着她秘密的一吻。

作　　者

刘大白（1880年—1932年），原名金庆棪，后改姓刘，名靖裔，字大白，别号白屋，浙江绍兴人。曾东渡日本，南下印尼，接受先进思想。先后在省立诸暨中学、浙江第一师范学校、上海复旦大学执教十余年。有《旧梦》《旧诗新话》《白屋说诗》等。

简　　评

这是一首情诗，有人说它体现的是一种无掩饰的直率之美。要我说，其实未必不含蓄。诗最关键的两句是"我知道这邮花背后，藏着她秘密的一吻"。"她"为什么在"信唇"和"邮花背后"各留一吻，"我"又是如何知道这一秘密的？你是否知道，这与背胶的存在相关：为了方便信封和邮票的使用，厂家在信唇和邮票背面涂刷一道胶层，称为"背胶"。世界上第一枚邮票"黑便士"就有背胶。封信、贴邮票，只需用舌尖将信唇或邮票背面轻轻舔湿，就可以完成粘贴。所谓"邮吻"，其实是吻者无心，受者有意。诗味的含蓄就表现在这里了。全诗三节，一、三节叠咏，易辞申意，是对《诗经》传统成功的借鉴。

两个扫雪的人

周作人

阴沉沉的天气，
香粉一般白雪，下的漫天遍地。

天安门外白茫茫的马路上，
全没有车辆踪影；
只有两个人在那里扫雪。
一面尽扫，一面尽下：
扫净了东边，又下满了西边，
扫开了高地，又填平了洼地。
粗麻布的外套上，已结积了一层雪，
他们两人还只是扫个不歇。
雪愈下愈大了；
上下左右，都是滚滚的香粉一般白雪。
在这中间，仿佛白浪中浮着两个蚂蚁，
他们两人还只是扫个不歇。
祝福你扫雪的人！
我从清早起，在雪地里行走，不得不谢谢你！

作　　者

　　周作人（1885年—1967年），原名周櫆寿（后改为奎绶），后改名周作人，字星杓，又名启明、启孟、起孟，笔名遐寿、仲密、岂明，号知堂，浙江绍兴人。鲁迅（周树人）之弟。新文化运动主要代表人物之一。历任北京大学教授、东方文学系主任，燕京大学新文学系主任、客座教授。有《知堂文集》《雨天的书》《自己的园地》《谈虎集》等。

简　　评

　　这首诗把关注的目光，投给雪天的两位清道夫。一边扫，一边下，好像在做无用功，其实不是。正因为雪下个不歇，"他们两人还只是扫个不歇"，这才给在雪地里行走的人提供了便捷的交通。"上下左右，都是滚滚的香粉一般白雪。在这中间，仿佛白浪中浮着两个蚂蚁",这两句意境很美。两个渺小的"蚂蚁",在白茫茫一片大地上,产生出一种崇高的美感。全诗采用散文化笔法,风格清新脱俗,以白描取胜。

梦与诗

胡适

都是平常经验,
都是平常影像,
偶然涌到梦中来,
变幻出多少新奇花样!

都是平常情感,
都是平常言语,
偶然碰着个诗人,
变幻出多少新奇诗句!

醉过才知酒浓,
爱过才知情重——
你不能做我的诗,
正如我不能做你的梦。

作　　者

胡适(1891年—1962年),字适之,安徽绩溪人。思想家、文学家、哲学家。曾任北京大学教授、校长。白话文倡导者,新文化运动的领军人物之一。有《中国哲学史大纲》《尝试集》《胡适文存》等。

简　评

　　这是一首论诗诗。诗人为这首诗所写的跋云："这是我的'诗的经验主义'。"诗人以梦喻诗,认为诗和梦有相通之处——它们都是经验的变形。没有经验,没有人生况味,诗和梦就无从做起;而只有经验,没有变形,也不成其为诗和梦。其次,诗人认为写诗就是写语言,非诗性之人,有了经验也作不成诗句;"偶然碰着个诗人",就能变幻出"新奇诗句"。诗人追求陌生化的表达法,无非追求"新奇"而已。最后四句是诗人的得意之句:"醉过""爱过"就是占有经验;每个人经验不同,所以每个人只能作自己的诗,恰如每个人只能做自己的梦。言外,公共之言不成其诗,模仿克隆不成其诗。全诗富于理趣,深入浅出,音节和谐,具有初期白话诗的显著特征。

教我如何不想她

刘半农

天上飘着些微云,
地上吹着些微风。
啊!
微风吹动了我的头发,
教我如何不想她?

月光恋爱着海洋,

6 新诗一百首

海洋恋爱着月光。
啊!
这般蜜也似的银夜,
教我如何不想她?

水面落花慢慢流,
水底鱼儿慢慢游。
啊!
燕子你说些什么话?
教我如何不想她?

枯树在冷风里摇,
野火在暮色中烧。
啊!
西天还有些儿残霞,
教我如何不想她?

作　　者

刘半农(1891年—1934年),原名寿彭,后改名复,初字半侬,后改字半农,号曲庵,江苏江阴人。1917年参加《新青年》编辑工作,新文化运动先驱者之一。所著《汉语字声实验录》荣获康士坦丁·伏尔内语言学专奖。有《瓦釜集》《扬鞭集》等。

简　　评

这首诗因发明了一个伟大的汉字而不朽,那就是"她"。在五四运动以前,汉字中第三人称通用"他"字,不分性别。诗人借鉴英文"he""she"有别,首创"她"字以代女性,为全社会所接受。这首诗作于诗人在伦敦大学留学从事语言研究期间,初名《情歌》,后改今名,也可以是眷恋祖国的情绪。"传统歌谣的复迭手法,他在构思技巧上虽继承了传统的反复与比兴手法,但在语言运用上却是生动活泼的,在意境上是新鲜别致的,使读者如见其人,如闻其声,而且余意不尽,余韵悠然。从诗的联想力与暗示性看,诗人多少接受了一点西方象征派诗歌的影响。"(吴奔星)

Venus

郭沫若

我把你这张爱嘴,
比成着一个酒杯。
喝不尽的葡萄美酒,
会使我时常沉醉。

我把你这对乳头,
比成着两座坟墓。
我们俩睡在墓中,
血液儿化成甘露!

作　者

郭沫若(1892年—1978年),原名郭开贞,字鼎堂,笔名有沫若、麦克昂等,四川乐山人。早年赴日本留学,后接受斯宾诺沙、惠特曼等人思想,决心弃医从文,与成仿吾、郁达夫等组织创造社,积极从事新文学运动。新中国成立后,曾任政务院副总理、中国科学院院长、中国文联主席、全国人大常务会副委员长等。有《女神》《星空》《瓶》等。

简　评

　　这是一首情歌,是诗人在日本与安娜恋爱的结晶。"Venus"即维纳斯,罗马神话中的爱神。在任何一个维特式的少年眼中,他的恋人都是爱神,他的态度都是生死以之。这首诗两节皆用比喻,比喻都很新奇。前一个比喻是想得到的好;后一个比喻无理而妙,是想不到的好。既诗化了爱情,也诗化了生死;既性感,又唯美。诗中初恋时官能跃动的纯情,明显受到了日本俳句的影响,神似阿夏与清十郎的恋歌:"男人的纯黑的眼睛,映耀在阿夏的胸时;男人的绯红的口吻,燃烧在阿夏的嘴时。"(谢六逸《日本之文学》)皆可画入浮世绘。

夜步十里松原

郭沫若

海已安眠了。
远望去,只看见白茫茫一片幽光,
听不出丝毫的涛声波语。
哦,太空!怎么那样地高超,自由,雄浑,清寥!
无数的明星正圆睁着他们的眼儿,
在眺望这美丽的夜景。
十里松原中无数的古松,
都高擎着他们的手儿沉默着在赞美天宇。
他们一枝枝的手儿在空中战栗,
我的一枝枝的神经纤维在身中战栗。

简　　评

　　诗人夜步十里松原，突然有一个美的发现：天空是那样高远，自由，雄浑，清寥，无数的星星像有生命一样圆睁着它们的眼儿眺望这美丽的夜景，无数的古松也像有知觉一样高举起它们的手（即树枝），似乎在赞美。于是诗人为之激动，也加入到这赞美的行列中来，他的神经纤维像松枝一样战栗。这首诗与我国以往描写自然的诗篇有所不同，诚如何其芳所说："它不只是欣赏自然，而是强烈到人和自然合而为一，人成了自然的一部分。""它不但都是一些有形象的句子，而且许多具体的形象构成了一个总的单一的形象，这样它就最容易打进读者的心里，而且读后使人不能忘记。"

立在地球边上放号

郭沫若

无数的白云正在空中怒涌，
啊啊！好幅壮丽的北冰洋的晴景哟！
无限的太平洋提起他全身的力量来要把地球推倒。
啊啊！我眼前来了的滚滚的洪涛哟！
啊啊！不断的毁坏，不断的创造，不断的努力哟！
啊啊！力哟！力哟！
力的绘画，力的舞蹈，力的音乐，力的诗歌，力的律吕哟！

简　　评

　　这是一首自然力的颂歌，视角定在地球边上（日本博多湾海岸），这是匪夷所思的。在写海浪汹涌前先写云在空中怒涌，写无限的太平洋前先写壮丽的北冰洋,铺垫极有章法。诗中把太平洋比作一个巨人要把地球推倒,这样的异想天开,既是对自然力的形象包装,也是对自然力的倾情赞美。结构的重复(啊啊,力哟)和排比(三个"不断",五个"力的"),是对海浪汹涌、一波未平一波又起的内在模仿。诗人浮想联翩,句子迸奔而出,井然有序,戛然而止。全诗完成度极高,且有奇妙的内在韵律。

天狗

郭沫若

我是一条天狗呀!
我把月来吞了,
我把日来吞了,
我把一切的星球来吞了,
我把全宇宙来吞了。
我便是我了!

我是月的光,
我是日的光,
我是一切星球的光,
我是 X 光线的光,
我是全宇宙的 Energy 的总量!

我飞奔,

我狂叫,

我燃烧。

我如烈火一样地燃烧!

我如大海一样地狂叫!

我如电气一样地飞跑!

我飞跑,

我飞跑,

我飞跑,

我剥我的皮,

我食我的肉,

我嚼我的血,

我啮我的心肝,

我在我神经上飞跑,

我在我脊髓上飞跑,

我在我脑筋上飞跑。

我便是我呀!

我的我要爆了!

简 评

  这是一首奇诗。全诗二十九句共用三十九个"我"字。"我便是我"是主题句。"天狗"意象来自中国民间传说,诗人自认是那吃月的天狗,其特征之一是拼命地吃进:日月、星辰、全宇宙,何啻"气吞山河",因而拥有取之不尽的光,获得用之不竭的能;其特征之二是"飞跑"(在诗中出现七八次),"我飞奔,我狂叫,我燃烧",极度兴奋、极度狂躁、自我张扬,乃至自噬("我剥我的皮，我食我的肉，我嚼我的血，我啮我的心肝"），表现强悍、狂暴、紧张，然而，它与凤凰涅槃浴火重生的精神在本质上并无二致。主人公渴望个性解放，容不得任何（包括皮囊的）束缚，恨不得引爆自己。全诗多用短句、叠句、排比，虽是"尽一时的冲动，随便地乱跳乱舞"（郭沫若《论诗三札》），却做到了又浑融又完整、又深刻又现代、又凝练又结实，意象独特，节奏感强，极具情感冲击力。

我是个偶像崇拜者

郭沫若

我是个偶像崇拜者哟！
我崇拜太阳，崇拜山岳，崇拜海洋；
我崇拜水，崇拜火，崇拜火山，崇拜伟大的江河；
我崇拜生，崇拜死，崇拜光明，崇拜黑夜；
我崇拜苏伊士、巴拿马、万里长城、金字塔；
我崇拜创造的精神，崇拜力，崇拜血，崇拜心脏；
我崇拜炸弹，崇拜悲哀，崇拜破坏；
我崇拜偶像破坏者，崇拜我！
我又是个偶像破坏者哟！

简　评

　　这首诗涉及一个主题——偶像崇拜。诗人在诗中进行名词堆砌，明显受到惠特曼的影响。堆砌，如同搭积木，没有能不能，只有好不好。你必须承认诗人搭得太好。他态度虔诚，倾情投入，浮想联翩；每一块积木都经过精心筛选，一块不多一块不少；搭砌手法娴熟，结果令人称绝，从一个极端到另一个极端，从"偶像崇拜者"到"偶像破坏者"，从崇拜物到"崇拜我"，充斥着悖论，却天衣无缝，无懈可击，令人回味无穷，感慨无端。这是一首短诗，却是一篇力作。

太阳礼赞

郭沫若

青沉沉的大海，波涛汹涌着，潮向东方。
光芒万丈地，将要出现了哟——新生的太阳！

天海中的云岛都已笑得像火一样的鲜明！
我恨不得，把我眼前的障碍一概划平！

出现了哟！出现了哟！耿晶晶地白灼的圆光！
从我两眸中有无限道的金丝向着太阳飞放。

太阳哟！我背立在大海边头紧觑着你。
太阳哟！你不把我照得个通明，我不回去！

太阳哟！你请永远照在我的面前，不使退转！
太阳哟！我眼光背开了你时，四面都是黑暗！

太阳哟！你请把我全部的生命照成道鲜红的血流！

太阳哟！你请把我全部的诗歌照成些金色的浮沤！

太阳哟！我心海中的云岛也已笑得来火一样的鲜明了！
太阳哟！你请永远倾听着，倾听着，我心海中的怒涛！

简　评

　　有在黑暗中等待黎明的人，所以有太阳礼赞。前三节是海上看日出的过程描写，后四节是叫喊式的抒情。叫喊不是问题，惠特曼诗就喜欢叫喊，关键是叫喊得好不好。这首诗就叫喊得好。"好像是以作者的生命来唱出的'礼赞'一样。读完这首诗，我们也就好像感到了太阳的金色的光芒在照射。然而这首诗并不是单纯地歌颂自然，作者在这里面表现了他对于光明的渴望，表现了他自己愿意永远前进的决心。'我恨不得，把我眼前的障碍一概划平'，这种气概难道仅仅是对于自然界的事物吗？'你请把我全部的生命照成道鲜红的血流''你请把我全部的诗歌照成些金色的浮沤'，难道太阳真正有这样大的力量吗？这都实在不过是表现了作者自己，表现了他对于黑暗事物的痛恨和对于自己的全部的生命和诗歌的高度的期望。"（何其芳）这首诗每行的句子都写得长了一些，这也不是问题，关键是读起来很爽很够味就好。

天上的街市

郭沫若

远远的街灯明了，
好像闪着无数的明星。
天上的明星现了，

好像点着无数的街灯。

我想那缥缈的空中,
定然有美丽的街市。
街市上陈列的一些物品,
定然是世上没有的珍奇。

你看,那浅浅的天河,
定然是不甚宽广。
那隔河的牛郎织女,
定能够骑着牛儿来往。

我想他们此刻,
定然在天街闲游。
不信,请看那朵流星,
是他们提着灯笼在走。

简　评

　　郭沫若《星空》题词引康德云:"有两样东西,我思索的回数愈多,时间愈久,它们充溢我以愈见刻刻常新、刻刻常增的惊异与严肃之感,那便是我头上的星空和心中的道德律。"这首诗是《星空》中写得最美,最有人间烟火气的一首诗。开头以街灯、明星回文式的转喻,并揣想天上有一条街市,街市上陈列着世上没有的珍奇,真是闻所未闻。这首诗的空灵之处,在于并没有写街市的居民,却写到街市之外,被天河分开的牛郎织女,并揣想因为天河不甚宽广,河水清浅,他们也能骑着牛儿来往,同时把一颗流星比作他们的灯笼。通篇都是猜境,而且是古无今有的想象。

全诗有童话般的性质,娓娓道来,表达了诗人纯真的理想,能引起读者无限美好的遐想。四句一节的谣体,既是本民族的,也是全世界的。

瓶(其三十一)

郭沫若

我已成疯狂的海洋,
她却是冷静的月光!
她明明在我的心中,
却高高挂在天上,
我不息地伸手抓拿,
却只生出些悲哀的空响。

简　评

《瓶》组诗四十二首,这首诗原列第三十一,写单恋的痛苦。通篇都用比体。前两句把"我"比作海洋,把"她"比作月光,海洋的潮汐与月球的引力本来就存在因果关系。以下直接用"她"代换月光,用"我"代换海潮,描绘出冷静的月光下,动荡不安、发出悲鸣的海潮。诗人从自然力中吸取灵感,以形象化的语言,深刻表现了单恋的执着,情深一往。而徐志摩1926年写的《偶然》:"我是天空里的一片云,偶尔投影在你的波心——你不必讶异,更无须欢喜——在转瞬间消灭了踪影。你我相逢在黑夜的海上,你有你的,我有我的,方向;你记得也好,最好你忘掉,在这交会时互放的光亮。"取象相似,稍显作态。

和平的春里

康白情

遍江北的野色都绿了。

柳也绿了。

麦子也绿了。

细草也绿了。

水也绿了。

鸭尾巴也绿了。

茅屋盖上也绿了。

穷人的饿眼儿也绿了。

和平的春里远燃着几团野火。

作　者

康白情（1896年—1959年），字鸿章，四川安岳人。中国白话诗的开拓者之一。毕业于北京大学。1918年秋与傅斯年、罗家伦等人组织"新潮社"。五四运动期间，创办《少年中国》月刊，与李大钊负责编印。1920年留学美国。1926年回国执教于山东大学、中山大学、厦门大学。新中国成立后，先后任中山大学、华南师范大学教授。有《草儿》《河上集》等。

简　评

这首诗关注现实，一口气说了好几个"绿"字，而"绿"与"绿"不同。其实这前五个"绿"字倒没有什么不同，意思也平平无奇。第六句不说春天禽鸟换上新的羽毛，而说"鸭尾巴也绿了"，这一绿，就绿得别有情趣。"穷人的饿眼儿也绿了"更是匪夷所思，显示出和平中的冲突，或不协调。麦子才绿时的春荒，对穷人来说，是一个严酷的现实。诗人直面这个现实，点到为止，内容却十分沉重。

沪杭车中

徐志摩

匆匆匆！催催催！
一卷烟，一片山，几点云影，
一道水，一条桥，一支橹声，
一林松，一丛竹，红叶纷纷。

艳色的田野，艳色的秋景，
梦境似的分明，模糊，消隐，——
催催催！是车轮还是光阴？
催老了秋容，催老了人生！

作　者

徐志摩（1897年—1931年），原名章垿，浙江海宁人。新月派代表诗人。1918年赴美国留学，1921年赴英国留学。1923年成立"新月社"。1924年任北京大学教授。1926年任光华大学、大夏大学和南京中央大学（今南京大学）教授。1930年再任北京大学教授，兼任北京女子师范大学教授。因飞机失事罹难。有《志摩的诗》《猛虎集》《云游集》等。

简　评

　　沪杭铁路是中国早期铁路干线之一，诗人的父亲是当时集资建造者之一。诗人从1910年春入杭州府中学读书，五年间不知在这条路上来往过多少次。从1918年出国到1922年回国，经过五年阔别，诗人重新坐上这趟列车，"又见到故乡的烟、山、云，见到水、桥、橹，见到松、竹、叶，虽然匆匆掠过，却是那般熟识。这寥寥几句，亲切之情油然而生，诗人的思绪被窗外的景物唤起了。往事如梦如幻，或隐或现"（陈从周）。五年间会有很多的人世变迁，诗人慈爱的祖母又在写作此诗这一年的八月间去世了，人生易老的感慨自然而生。诗中运用了拟音的手法，"匆匆匆""催催催"除了本来的字义，同时模仿着车轮滚动的声音。其次是镜头似的语言的运用，名词的罗列，量词的变换，次第展示车窗外掠过的景物，使人如临其境。

沙扬娜拉——赠日本女郎

徐志摩

　　最是那一低头的温柔，
　　像一朵水莲花不胜凉风的娇羞，
　　道一声珍重，道一声珍重，
　　那一声珍重里有蜜甜的忧愁——
　　沙扬娜拉！

简　评

　　这首诗作于随印度诗人泰戈尔访日期间，如同一帧人物速写，是诗人抒情诗的绝唱。第一次看到诗题的读者，会误以为"沙扬娜拉"是一位女郎的芳名，这正是诗人所要的效果。原作本来前面还有十七节诗，被诗人自己掐掉。诗从"最是"说起，直入人物刻画。有"一低头"的动作描写，有"一声珍重——沙扬娜拉"的语言刻画，有"一朵水莲花不胜凉风"的形容，寥寥几笔，画活了一个"娇羞"中含情脉脉的日本少女，也展示了日本女性的谦卑、贤淑、温柔、善解人意的性格特征。短短五句诗中，"一声珍重"重复三遍；"蜜甜的忧愁"用矛盾的修辞法，写出了一种欣慨交心的况味。

为要寻一个明星

徐志摩

我骑着一匹拐腿的瞎马，
向着黑夜里加鞭；
向着黑夜里加鞭，
我跨着一匹拐腿的瞎马！

我冲入这黑绵绵的昏夜，
为要寻一颗明星；
为要寻一颗明星，
我冲入这黑茫茫的荒野。

累坏了，累坏了我胯下的牲口，
那明星还不出现；

那明星还不出现,
累坏了,累坏了马鞍上的身手。

这回天上透出了水晶似的光明,
荒野里倒着一只牲口,
黑夜里躺着一具尸首。
这回天上透出了水晶似的光明!

简　评

　　这首诗中的"明星"象征黑暗中的光明,"为要寻一个明星"象征理想(也可以是爱情)追求,"瞎马"象征着冒险。骨子里是抒情诗,却粗陈梗概地讲了主人公及其瞎马夜半追星的故事。四节诗分别写出门、上路、累坏、倒毙,起承转合,情节完整。结局可以解释为怀疑主义,也可以解释为美在过程。这首诗在形式上采用了回文式的叠咏(每节诗首尾重复,中两句重复,三、四行为一、二行之颠倒),部分地类似词调的《采桑子》,在韵式上相应用交错韵(ABBA),具有极强的音乐性和形式美。

再别康桥

徐志摩

轻轻的我走了,
正如我轻轻的来;
我轻轻的招手,
作别西天的云彩。

那河畔的金柳，
是夕阳中的新娘；
波光里的艳影，
在我的心头荡漾。

软泥上的青荇，
油油的在水底招摇；
在康河的柔波里，
我甘心做一条水草！

那榆荫下的一潭，
不是清泉，是天上虹；
揉碎在浮藻间，
沉淀着彩虹似的梦。

寻梦？撑一支长篙，
向青草更青处漫溯；
满载一船星辉，
在星辉斑斓里放歌。

但我不能放歌，
悄悄是别离的笙箫；
夏虫也为我沉默，
沉默是今晚的康桥！

悄悄的我走了，
正如我悄悄的来；
我挥一挥衣袖，
不带走一片云彩。

简　　评

　　这是一首写旧地重游的诗，康桥即剑桥。二、三、四节发端于"康桥"一草一木之微，由"梦"说到"寻梦"，又由"放歌"说到"不能放歌"，"悄悄"接着"沉默"，"沉默"接着"悄悄"，诗行与诗行、节与节之间，转处必承，既曲折又流走自如。音步、排列也十分整饬。诗的首尾，有重复照应，也有变化。开头用了三个"轻轻的"，结尾则用两个"悄悄的"，又说"我挥一挥衣袖，不带走一片云彩"，造句尽管轻描淡写，给读者留下的想象空间却是很大。有件事能说明这首诗的影响——李敖在2018年宣布退出台湾政坛时，赋诗道："重重的我走了，正如我重重的来，我挥一挥衣袖，带走了全部云彩。"可入《能改斋漫录》。

我不知道风是在哪一个方向吹

徐志摩

我不知道风
是在哪一个方向吹——
我是在梦中，
在梦的轻波里依洄。

我不知道风

是在哪一个方向吹——
我是在梦中,
她的温存,我的迷醉。

我不知道风
是在哪一个方向吹——
我是在梦中,
甜美是梦里的光辉。

我不知道风
是在哪一个方向吹——
我是在梦中,
她的负心,我的伤悲。

我不知道风
是在哪一个方向吹——
我是在梦中,
在梦的悲哀里心碎!

我不知道风
是在哪一个方向吹——
我是在梦中,
黯淡是梦里的光辉。

简　评

　　这首诗写失恋的惆怅,用六节叠咏的形式。六节前三句完全相同。"我不知道风是在哪一个方向吹"这句创语,表达了一种判断力的丧失。第一节四句概括了全诗的内容，甚至概括了诗人的一生。"方向"是个关键词，诗人曾化身雪花道："我一定认清我的方向。""这地面上有我的方向。"这是什么"方向"？潜台词仍是"我不知道风是在哪一个方向吹"。此诗各节末句不同，重要的有四节："她的温存，我的迷醉""甜美是梦里的光辉""她的负心，我的伤悲""黯淡是梦里的光辉"，以极经济的语言暗示了一段短暂而甜蜜的恋情，表现了诗中人爱的理想在现实中的一次碰壁及由此产生的低回不已的情绪。

义勇军进行曲

田汉

起来！不愿做奴隶的人们！
把我们的血肉筑成我们新的长城！
中华民族到了最危险的时候，
每个人被迫着发出最后的吼声。
起来！起来！起来！
我们万众一心，
冒着敌人的炮火，前进！
冒着敌人的炮火，前进！
前进！前进！进！

作　　者

　　田汉（1898年—1968年），字寿昌，湖南长沙人。早年留学日本，1921年回国与郭沫若等组织创造社。后创办南国艺术学院、南国社，主编《南国月刊》。1930年前后参加民权保障大同盟、左翼作家联盟（并任执行委员）。1932年加入中国共产党，任"左翼剧联"党团书记，中国共产党上海中央局文化工作委员会委员。新中国成立后，担任第一、二届全国人民代表大会代表，政协第一届全体会议代表和第四届全国委员会委员，中国文学艺术界联合会副主席，中国戏剧家协会主席。历任中央人民政府政务院文化委员会委员，文化部戏曲改进局局长，艺术事业管理局局长等职，对新中国的戏剧事业做出了重要贡献。有戏剧《新儿女英雄传》《关汉卿》等，歌词《义勇军进行曲》等。

简　　评

　　这首伟大的歌词，原是电影《风云儿女》的主题歌，写在"中华民族到了最危险的时候"。1949年中国人民政治协商会议第一届全体会议上推举其为代国歌时，对这一句歌词要不要更改进行讨论，最后一致通过保留。词以口号（起来）开头，"不愿做奴隶的人们"排除了背叛者、怯懦者和逃兵，以下"每个人"就是每个人了。"把我们的血肉筑成我们新的长城"，看似有悖常识（血肉怎么筑长城呢），其实饱含悲愤。是的，国力不如人，武器装备不如人，但士气能够不如人吗？！为了战胜凶恶的敌人，我们"被迫着发出最后的吼声"（"被迫"是关键词），"冒着敌人的炮火，前进！"歌词中，叠句的运用，关键词"起来"重复四次，"前进"重复四次半。何啻三复斯言，无比激动人心。2004年第十届全国人民代表大会第二次会议通过《中华人民共和国宪法修正案》，正式将《义勇军进行曲》定为国歌。

国手

闻一多

爱人啊！你是个国手：

我们来下一盘棋；
我的目的不要赢你，
但只求输给你——
将我的灵和肉
输得干干净净！

作　者

闻一多（1899年—1946年），本名闻家骅，又名多、亦多、一多，字友三、友山，湖北浠水人。中国民主同盟早期领导人，中国共产党的挚友，新月派代表诗人。早年留学美国学习文学、美术，后来主要从事学术研究，先后在青岛大学、清华大学任教，抗战期间任昆明西南联合大学教授。1946年夏在昆明被国民党特务暗杀。有《红烛》《神话与诗》等。

简　评

这是一首爱情诗，选自《红烛》。爱人与国手，情场与棋道，灵肉与棋子，是相差多么远的东西。相似吗？谁也看不出。然而诗人只取相似一点，那就是，与国手下棋结果必然是输；而崇高的爱恋，必然彻底地奉献，这是一特别意义的"输"，这两件事在深层结构上有那么一点相通。敢于与国手交锋，是明知几败而为之，勇气固然可嘉；而以给予即奉献为特征的爱情哲学，不也同样值得称许吗？

口供

闻一多

我不骗你，我不是什么诗人，

纵然我爱的是白石的坚贞，
青松和大海，鸦背驮着夕阳，
黄昏里织满了蝙蝠的翅膀。
你知道我爱英雄，还爱高山，
我爱一幅国旗在风中招展，
自从鹅黄到古铜色的菊花。
记着我的粮食是一壶苦茶！

可是还有一个我，你怕不怕？——
苍蝇似的思想，垃圾桶里爬。

简　评

　　这是诗集《死水》中的第一首诗，带有序诗的性质。所谓"口供"，也就是诗人的自白。殊不知一起就是："我不骗你，我不是什么诗人。"这是逆起，逆起自有张力，也是给"诗人"立下一个很高的标杆。"纵然"以下一转自谓是诗性之人。诗人曾说："黄昏与秋是传统诗人的时间与季候。"诗中第三、四行就是黄昏景色："青松和大海，鸦背驮着夕阳，黄昏里织满了蝙蝠的翅膀。"七、八行就包含秋季物候："自从鹅黄到古铜色的菊花。记着我的粮食是一壶苦茶！"其他诗行中"白石""英雄""高山""国旗"，都是崇高的美的意象。隔开一行，诗人以突兀的手法写道："可是还有一个我，你怕不怕？——苍蝇似的思想，垃圾桶里爬。"总是讽刺别人，那算什么本事？能够解剖自己，那才是真正的诗人。

死水

闻一多

这是一沟绝望的死水，
清风吹不起半点漪沦。
不如多扔些破铜烂铁，
爽性泼你的剩菜残羹。

也许铜的要绿成翡翠，
铁罐上绣出几瓣桃花；
再让油腻织一层罗绮，
霉菌给他蒸出些云霞。

让死水酵成一沟绿酒，
漂满了珍珠似的白沫；
小珠们笑声变成大珠，
又被偷酒的花蚊咬破。

那么一沟绝望的死水，
也就夸得上几分鲜明。
如果青蛙耐不住寂寞，
又算死水叫出了歌声。

这是一沟绝望的死水，
这里断不是美的所在，
不如让给丑恶来开垦，
看他造出个什么世界。

简　　评

中国有句古话："流水不腐。"（《吕氏春秋·尽数》）死水则一定发臭。诗中的"死水"，形态上是臭水沟，象征的是旧社会的污泥浊水。主题句在最后一节："这里断不是美的所在"，在涤荡它之前，"不如让给丑恶来开垦，看他造出个什么世界"。前面四节，就是"丑恶""开垦"的"世界"，明明是腐败糜烂，偏偏形以华丽名物（"翡翠""桃花""罗绮""云霞""绿酒""珍珠"等等），以美形丑，益增其丑，与鲁迅讽刺的"那时候，只要从来如此，便是宝贝。即使无名肿毒，倘若生在中国人身上，也便'红肿之处，艳若桃花；溃烂之时，美如乳酪'"（《热风·随感录》三十九），手法正复相同。全诗五节，每节四句，每句九言四顿，于偶数句押韵，形式极为整饬，充分体现了诗人在新诗的形式格律化方面的主张和"节的匀称，句的均齐"等诗美的追求。

一句话

闻一多

有一句话说出就是祸，
有一句话能点得着火。
别看五千年没有说破，
你猜得透火山的缄默？

说不定是突然着了魔,
突然青天里一个霹雳
爆一声:
"咱们的中国!"

这话教我今天怎么说?
你不信铁树开花也可,
那么有一句话你听着:
等火山忍不住了缄默,
不要发抖,伸舌头,顿脚,
等到青天里一个霹雳
爆一声:
"咱们的中国!"

简　　评

　　这首诗作于1925年诗人从美国留学归国之后。那时的中国是半殖民地半封建社会,军阀割据。开篇所谓"一句话",就是上下节最后的一句话:"咱们的中国!"这句话对谁是祸呢?得看这"咱们"指谁了。如果指中国人,对帝国主义、殖民主义者就是祸;如果指劳苦大众,对封建统治阶级来说就是祸。"五千年"是针对封建社会而言的。点着的火,当然是指革命的烈火。革命是必须动员千百万民众参与的事业,口号的作用就是唤起民众。诗不是口号诗,却是表现口号力量的诗。全诗两节叠咏,后三句完全相同,是一首成熟的格律体新诗。

有感

　　　　　　　　　　李金发

如残叶溅
　　血在我们
　　　脚上,

生命便是
　　死神唇边
　　　的笑。

半死的月下,
　　载饮载歌,
　　　裂喉的音
随北风飘散。
　　　吁!
　　抚慰你所爱的去。

开你户牖
　　使其羞怯,
　　　征尘蒙其
　　　　可爱之眼了。
此是生命

　　　　之羞怯
　　　　　　与愤怒么?

　　　　如残叶溅
　　　　　　血在我们
　　　　　　　　脚上,

　　　　生命便是
　　　　　　死神唇边
　　　　　　　　的笑。

作　　者

　　李金发(1900年—1976年),广东梅县人。少年时曾赴香港,在罗马书院攻读英语。1919年赴法、德等国学习雕塑。回国后在上海美术专门学校任教,又受聘于国立中央大学、杭州国立艺术院。后被广东美术学院聘为院长。后调外交部任职。1945年出任中国驻伊朗大使馆一等秘书,两年后转为驻伊拉克大使馆代办。解放战争后期息政,寓居美国。有《微雨》《为幸福而歌》等。

简　　评

　　第一代新诗人中,李金发的诗歌理念开现代派、象征派之先河,固然功不可没。但他像一个眼高手低的工匠,活路做得不精,所以当时和后世的读者读起来都感到费劲。这首诗表现对人生彻底的悲观。首尾叠咏的两节,将"残叶"比作"溅血","生命"比作"死神唇边的笑",比喻冷艳,意境接近唐诗中的李贺,读起来还不算费劲。诗的中幅写强颜欢笑、及时行乐,语言生涩,词不达意,读来就很费劲。"不惜歌者苦,但伤知音稀",也在所难免了。

纸船——寄母亲

冰心

我从不肯妄弃了一张纸
总是留着——留着，
叠成一只一只很小的船儿，
从舟上抛下在海里。

有的被天风吹卷到舟中的窗里，
有的被海浪打湿，沾在船头上。
我仍是不灰心地每天叠着，
总希望有一只能流到我要它到的地方去。

母亲，倘若你梦中看见一只很小的白船儿，
不要惊讶它无端入梦。
这是你至爱的女儿含着泪叠的，
万水千山，求它载着她的爱和悲哀归去。

作　者

　　冰心（1900年—1999年），女，原名谢婉莹，福建长乐人。1919年开始发表作品。1923年出国留学前后，开始陆续发表总名为《寄小读者》的通讯散文，成为中国儿童文学的奠基之作。1946年被日本东京大学聘为第一位外籍女教授，讲授中国新文学课程。1951年返回祖国。有《繁星·春水》《小桔灯》《冰心散文集》等。

简　评

　　这首诗是诗人赴美国留学途中,于游览横滨之后,在继续向大洋彼岸进发的海轮上创作的。诗中体现了一个去国离乡的游子对母亲、对祖国的深切思念之情。诗"以一个童心未泯的孩子的口吻写成,通过'叠纸船'这充满童趣的行动,寄托对母亲的思念。儿童的心灵最单纯,儿童的期冀最单一,然而,这单纯的心灵、单一的期冀所包含的孩子对母亲的情感,却是最为深厚的。……纸船是这首诗的中心意象,但是怎样把它与对母亲的思念联系起来,因此,'母亲,倘若你梦中看见一只很小的白船儿,不要惊讶它无端入梦'这一句做了巧妙的过渡。万水千山,船传情体,这是多么细小与伟大的爱啊!诗人凭借叠纸船嬉水这种孩提时常玩的游戏,追寄自己对母亲的怀恋,亲切自然地创造出一种梦幻似的悱恻的意境。"(刘璐)

无题曲

汪静之

悲哀是无边的天空,
快乐是满天的星星。
吾爱!我和你就是
那星林里的月明。

深深的根就是悲哀,
碧绿的叶是快乐。
吾爱!生在那上面的

花儿就是你和我。

海中的水是快乐，
无涯的海是悲哀。
海里游泳的鱼儿就是
你和我两人，吾爱！

悲哀是无数的蜂房，
快乐是香甜的蜂蜜。
吾爱！那忙着工作的
蜂儿就是我和你。

作　　者

汪静之（1902年—1996年），安徽绩溪人。1921年起和潘漠华等组织晨光文学社、湖畔诗社。曾任中学教员，北伐军总政治部宣传科编纂，安徽大学、暨南大学、复旦大学教授，人民文学出版社编辑等。1955年去职，定居杭州。有《蕙的风》《诗歌原理》《李杜研究》等。

简　　评

将爱情诗命名"无题"，是自唐代李商隐以来中国诗歌的一个传统。这首诗四节叠咏，诗人用博喻手法，将"悲哀""快乐"具象化为恋爱双方生存的环境，而相爱的"我""你"则是夹在"悲哀""快乐"中的比例中项，淋漓尽致表达了人生、爱情悲欣交集的主题。通篇采用倾诉的语气，"吾爱"在诗中反复出现，一往情深。全诗想象丰富，最后一节将相爱的双方比成勤劳工作的蜂儿，令人耳目一新。诗人深受海涅爱情诗的影响，他的诗歌作品曾被其师朱自清赞为："对于旧礼教好像投掷了一枚炸弹。"

蛇

冯至

我的寂寞是一条蛇,
冰冷地没有言语——
姑娘,你万一梦到它时,
千万啊,莫要悚惧!

它是我忠诚的侣伴,
心里害着热烈的乡思;
它在想那茂密的草原,——
你头上的,浓郁的乌丝。

它月影一般轻轻地,
从你那儿潜潜走过;
为我把你的梦境衔了来,
像一只绯红的花朵!

作　者

冯至(1905年—1993年),原名冯承植,河北涿州人。1923年加入浅草社。1925年参与成立沉钟社。1930年留学德国,先后就读于柏林大学、海德堡大学,1935年获得海德堡大学哲学博士学位。1936年任教于同济大学。新中国成立后,曾任中国社会科学院外国文学研究所所长。有《昨日之歌》《十四行集》等。

简　　评

　　这首诗写单相思,而几乎所有爱情诗都和单恋情结相关。"蛇"这个意象有冰冷、无言等特性,既可喻指一个人性格的内向、腼腆、不善示爱,又可以意指他内心的寂寞空虚。中国古典爱情传说中的白娘子,也是一条蛇的化身。"乡思"不仅是"相思"的谐音双关,同时可以表现一种强烈皈依的思想感情。"草原",是由"蛇"和爱人的秀发搭成的有双重意义的联想。诗人自己说,诗的灵感来自十九世纪英国唯美主义画家比亚兹莱的一幅黑白版画,画上是一条蛇,尾部盘在地上,身躯直长,头部上仰,口中衔着一朵花。他觉得这蛇秀丽无邪,有如一个少女的梦境。而"蛇"在本诗中,则是诗人阴郁的热恋之象征。

译自海涅

冯至

一个青年爱一个姑娘,
姑娘却选上另外一个人;
这个人又爱另外一个姑娘,
并且和她结了婚。

这个姑娘一时气愤,
嫁给他偶然遇到的
第一个最好的男人;
这青年十分苦闷。

这是一个古老的故事,
可是它永久新鲜;
谁正巧碰到这样的事,
他的心就裂成两半。

简　　评

　　这是诗人所译的一首海涅诗,诗的内容超越时代和国别,可当一首新诗来读。人类的爱情追求,其所以陷入诗中所讲的怪圈,是因为这种追求是一种仰慕,而仰慕往往不切实际。人又存在另一种普遍心理——不全则无。于是,人一方面追求他得不到的,一方面容易破罐子破摔,所以才会出现诗中描述的种种现象。"这是一个古老的故事,可是它永久新鲜。"这首诗对人性有很深的洞察,有很高的审美价值,用来治疗失恋者的心灵创伤,也有一定的效果。

雨巷

戴望舒

撑着油纸伞,独自
彷徨在悠长、悠长
又寂寥的雨巷,
我希望逢着
一个丁香一样的
结着愁怨的姑娘。

她是有
丁香一样的颜色，
丁香一样的芬芳，
丁香一样的忧愁，
在雨中哀怨，
哀怨又彷徨。

她彷徨在这寂寥的雨巷，
撑着油纸伞，
像我一样，
像我一样地
默默彳亍着，
冷漠、凄清，又惆怅。

她静默地走近，
走近，又投出
太息一般的眼光。
她飘过
像梦一般的，
像梦一般的凄婉迷茫。

像梦中飘过
一枝丁香的，
我身旁飘过这女郎。
她静默地远了，远了

到了颓圮的篱墙,
走尽这雨巷。

在雨的哀曲里,
消了她的颜色,
散了她的芬芳,
消散了,甚至她的
太息般的眼光,
丁香般的惆怅。

撑着油纸伞,独自
彷徨在悠长、悠长
又寂寥的雨巷,
我希望飘过
一个丁香一样的
结着愁怨的姑娘。

作　　者

戴望舒(1905年—1950年),名承,字朝安,小名海山,浙江杭州人。1923年入上海大学文学系,师从田汉等。1932年赴法留学,先后就读于巴黎大学、里昂中法大学。1935年回国。1936年,参与创办《新月》诗刊。因诗作《雨巷》一度被人称为"雨巷诗人"。有《我底记忆》《望舒草》《望舒诗稿》等。

简　　评

这是一首感伤诗,"是中国三十年代象征主义的朦胧诗,是大革命遭受挫折,感到痛苦、彷徨而又一时看不到前途找不到出路的苦闷情绪的反映,象征了一代青年彷徨苦闷的心路历程"(管林)。诗人从古典诗词"芭蕉不展丁香结,同向春风各自愁"(李商隐)、"丁香空结雨中愁"(李璟)中获得灵感,诗中主体意象为雨中小巷、油纸伞(俗称"撑花儿")、诗人、姑娘,抒发了诗人惆怅、哀怨、彷徨、凄婉迷茫的情绪。"一种回荡的旋律和一种流畅的节奏,确乎在每节六行,各行长短不一,大体在一定间隔重复一个韵的七节诗里,贯彻始终。"(卞之琳)"雨巷""姑娘""芬芳""惆怅""眼光"等字,在韵脚中多次出现,有意使一个音响在听觉中反复,使这首诗在音节优美上独步一时,而广为传诵。

狱中题壁

戴望舒

如果我死在这里,
朋友啊,不要悲伤,
我会永远地生存
在你们的心上。

你们之中的一个死了,
在日本占领地的牢里,
他怀着的深深仇恨,
你们应该永远地记忆。

当你们回来,
从泥土掘起他伤损的肢体,

用你们胜利的欢呼
把他的灵魂高高扬起。

然后把他的白骨放在山峰,
曝着太阳,沐着飘风:
在那暗黑潮湿的土牢,
这曾是他唯一的美梦。

简　　评

　　这首诗作于1942年,诗人在香港被日本侵略者逮捕入狱,随时可能被处死之际。"诗的幻想世界是以两个假想作为支柱的:一个是设想自己已经死亡,另一个是设想抗日战争终于胜利。诗人就是在这两个支点上展开对友人的情真意深的倾诉。""此诗的特点是:渴望民族解放斗争胜利而又不回避个人可能的牺牲,并且将自身一分为二,以活着的自己诉说死了的自己,用死之从容反衬生之坚强。"诗中的"他"("我")是作为"你们之中的一个"而存在的,所以这也是一首致同志之歌。

老马

臧克家

总得叫大车装个够,
它横竖不说一句话,
背上的压力往肉里扣,
它把头沉重地垂下!

这刻不知道下刻的命,
它有泪只往心里咽,
眼里飘来一道鞭影,
它抬起头望望前面。

作　者

臧克家(1905年—2004年),山东诸城人。毕业于山东大学,中国民主同盟盟员。历任人民出版社编审、中国作协书记处书记、《诗刊》主编、中国作家协会顾问。有《臧克家旧体诗稿》《臧克家诗选》《克家论诗》等。

简　评

诗人亲眼看到过这样一匹命运悲惨令之同情的老马,它服了一辈子苦役,却并没有得到丝毫怜悯。主人为了利益的最大化,"总得叫大车装个够",而老马"不说一句话"。"背上的压力往肉里扣",语极形象,读者似乎看见了扣进肉里的缰绳。"它把头沉重地垂下",这是逆来顺受,也是老马用劲的姿势。"这刻不知道下刻的命"两句,是诗人设身处地的话。"眼里飘来一道鞭影",马似乎不惊恐,也不感到疼痛,"它抬起头望望前面",在最后一根稻草压垮它之前,只能如此了。诗中"老马"的性格,一是吃苦耐劳,二是麻木隐忍,所以被读者认为是受苦受难的旧社会中国农民的写照。诗人对对象有深切的关怀、仔细的观察和发自内心的同情,念兹在兹,"觉得不写出来,心里有一种压力"。首先打动自己,方能感动读者。

老哥哥

臧克家

"老哥哥,翻些破衣裳干吗?
快把它堆到炕角里去好了。"
"小孩子,不要闹,时候已经不早了!"
(你不见日头快给西山接去了?)
"老哥哥,昨天晚上你不是应许
今天说个更好的故事吗?"
"小孩子,这时你还叫我说什么呢?"
(这时你叫他从哪儿说起?)
"老哥哥,你这霎对我好,
大了我赚钱养你的老。"
"小孩子,你爸爸小时也曾这样说了。"
(现在赶他走不算错,小时的话哪能当真呢。)
"老哥哥,没听说你有亲人,
你也有一个家吗?"
"小孩子,你这儿不是我的家呀!"
(你问他的家有什么意思?)
"老哥哥,你才到俺家时,我爸爸
不是和我这时一样高?"
"小孩子,你问些这个干什么?"
(过去的还提它干什么?)

"老哥哥,你为什么不和以前一样
好好哄我玩了?"
"小孩子,是谁不和以前一样了?"
(这,你该去问问你的爸爸。)
"老哥哥,傍落日头了,牛饿得叫,
你快去喂它把草。"
"小孩子,你放心,牛不会饿死的呀!"
(能喂牛的人不多得很吗?)
"老哥哥,快不收拾吧,你瞧屋里全黑了,
快些去把大门关好。"
"小孩子,不要催,我就收拾好了。"
(他走了,你再叫别人把大门关好。)
"老哥哥呀,你……你怎么背着东西走了?
我去和我爸爸说。"
"小孩子,不要跑,你爸爸最先知道。"
(叫他走了吧,他已经老得没用了!)

简 评

"老哥哥"的人物原型是诗人家中侍候过几代主子的一位李姓的长工,因年老体衰而被辞退。在贫穷落后不合理的旧社会,"老哥哥"悲惨的命运具有典型性。这首诗选取"老哥哥"离开主人家时的几个场景,通篇由九段对话构成,每段一问一答一旁白,不另作提示,读者自能了然于心:问者为"小孩子"(小少爷),语气充满困惑,表现出对眼前正在发生的事情不能理解;答者为"老哥哥",态度是逆来顺受,不肯多说;旁白(加了括号)属于叙事人,他洞若观火,爱莫能助,语带冷嘲。细辨,"小孩子"和叙事人,乃是诗人的一分为二:"小孩子"是儿时的他,叙事人是长大的他。清代诗人张问陶说:"好诗不过近人情。"这首诗就是用"小孩子"的童真(近人情),来反对旧社会的不近人情,所以感人至深;形式上又极具创意,所以成为名篇。

村夜

臧克家

太阳刚落,
大人用恐怖的故事
把孩子关进了被窝,
(那个小心正梦想着
外面朦胧的树影
和无边的明月)
再捻小了灯,
强撑住万斤的眼皮,
把心和耳朵连起,
机警的听狗的动静。

简　评

这首题为《村夜》的小诗,描绘了二十世纪旧中国农村夜晚凋敝、恐怖的图景。两个细节极为生动。其一是鬼故事。由于乡村夜晚缺少照明,交通是小路或无路,到处都有坟地,许多鬼故事都是以亲身闻见的方式讲出来的,儿童又想听又怕听,其结果就是"大人用恐怖的故事把孩子关进了被窝"。其二是大人不能安睡。虽然很困,还得"强撑住万斤的眼皮",竖起耳朵睡觉。他们在提防什么呢？为什么要注意狗叫呢？诗人没有说，但必须告诉年轻的读者。鲁迅有四个字曰"兵匪官绅"。最可怕的是"兵"，怕抓壮丁；其次是"匪"（俗称"棒老二"），怕杀人绑票。这是担惊受怕的事儿，不能讲给孩子，所以小孩的"梦想"尽是树影、月光，非常静美，与成人世界适成对照。不读这样的诗，不知道社会的进步和人民的福祉。

有的人——纪念鲁迅有感

臧克家

有的人活着，
他已经死了；
有的人死了，
他还活着。

有的人
骑在人民头上："呵，我多伟大！"
有的人
俯下身子给人民当牛马。

有的人
把名字刻入石头，想"不朽"；
有的人
情愿作野草，等着地下的火烧。

有的人
他活着别人就不能活；
有的人
他活着为了多数人更好地活。

骑在人民头上的
人民把他摔垮；
给人民做牛马的
人民永远记住他！

把名字刻入石头的
名字比尸首烂得更早；
只要春风吹到的地方
到处是青青的野草。

他活着别人就不能活的人，
他的下场可以看到；
他活着为了多数人更好地活着的人，
群众把他抬举得很高，很高。

简　评

　　这是一首议论为主的诗，是为纪念鲁迅先生逝世十三周年而作。全诗通过将那些骑在人民头上作威作福的压迫者与为人民无私奉献的鲁迅先生做对比，体现了鲁迅先生无私、伟大的精神。其中有不少诗句，令人经久难忘。如"有的人活着，他已经死了；有的人死了，他还活着。""有的人他活着别人就不能活；有的人他活着为了多数人更好地活。""把名字刻入石头的名字比尸首烂得更早"早已成为格言。单凭这一点,这首诗就可以不朽。诗是为纪念鲁迅先生而作,有一些诗句灵感来自鲁迅著作,如"横眉冷对千夫指,俯首甘为孺子牛",如散文诗集《野草》。但既然称"有的人",就不限于鲁迅,也包含那些具有鲁迅精神的人。

灯塔守者

王亚平

白鸥在夜幕里睡熟了,
太平洋上没有一丝帆影。

乌云夺去了星月的光辉,
天空矗立着孤独的塔灯。

远处送来惊人的风啸,
四围喧腾着愤怒的涛声。

在这曙色欲来的前夜,
我把生命献给了光明。

作　　者

王亚平(1905年—1983年),原名王福全,字湔之,河北威县人。曾就读于直隶第四初级师范学校(今邢台学院)。1932年参加中国诗歌会。1934年到青岛筹稿《诗歌新辑》《现代诗歌》。

1935年创办《诗歌季刊》。1936年到日本留学，1937年回国后，创办《高射炮》。新中国成立后曾任中共北京市人民政府文教局文艺处处长、北京市文联秘书长等。有《王亚平诗选》《第一支颂歌》等。

简　　评

　　这首诗并未正面写灯塔守者工作的寂寞和艰辛，而把重点放在环境氛围的刻画上。前三节都在写大海之夜，描述海洋之夜的几个富于独特性的细节。诗到最后一节用了"我"这个字眼，使全诗确立了第一人称的抒情角度，自然显得格外意味真醇。当然，读者绝不至于误会诗人就是灯塔守者，然而他因触物起情，在写诗中融入个人的生活体验与信念则是完全可能的。因而诗句本身又启发读者超越本文，进入它的深层结构，做进一步的欣赏。

埋葬了的爱情

苏金伞

那时我们爱得正苦
常常一同到城外沙丘中漫步
她用手拢起了一个小小坟茔
插上几根枯草，说：
这里埋葬了我们的爱情

第二天我独自来到这里
想把那座小沙堆移回家中
什么也没有了

秋风在夜间已把它削平

第二年我又去凭吊
沙坡上雨水纵横,像她的泪痕
而沙地里已钻出几粒草芽
远远望去微微泛青
这不是枯草又发了芽
这是我们埋在地下的爱情生了根

作　者

　　苏金伞(1906年—1997年),原名苏鹤田,河南睢县人。1927年加入中国共产党,后进入解放区,任华北大学三部文学创作组研究员。1932年开始发表作品。1949年加入中国作家协会。曾任河南省文联主席。有《地层下》《窗外》《鹁鸪鸟》《苏金伞诗选》等。

简　评

　　诗人自注:"几十年前的秋天,姑娘约我到一个小县城的郊外。秋风阵阵。因为当时我出于羞怯没有亲她,一直遗恨至今!只有在暮乡的黄昏默默回想多年以前的爱情。"人生有一种况味,就是彼此产生了好感,只因为人太青涩,没有进行下去的办法。柳永词云:"空有相怜意,未有相怜计。"当有了人生经验,知道该怎么办的时候,水都过了几丘了。诗中那一句话"这里埋葬了我们的爱情"之所以深沉,因为是冰山一角;冰山下面呢,是潜意识里一辈子的念想。此诗所以动人。

别

沈祖棻

我是轻轻悄悄地到来
像水面飘过一叶浮萍
我又轻轻悄悄地离开
像林中吹过一阵清风
你爱想起我就想起我
像想起一颗夏夜的星
你爱忘了我就忘了我
像忘了一个春天的梦

作　者

沈祖棻（1909年—1977年），女，字子蕊，别号紫曼，笔名绛燕、苏珂。浙江海盐人。格律体新诗先驱诗人之一。1931年入南京中央大学。新中国成立前后，先后任成都金陵大学、武汉大学教授。有《涉江诗稿》《涉江词稿》等。

简　评

这首诗表现爱的矜持和洒脱的胸怀，无论就内在韵律，还是语言关系而言，完成度都很高，脍炙人口，不逊色于诗人一生低首的"小山词"。《诗经》中有一首《郑风·褰裳》也表现爱的矜持与洒脱——"子惠思我，褰裳涉溱。子不我思，岂无他人？"彼此的文野、精粗之分，一目了然。

断章

卞之琳

你站在桥上看风景,
看风景的人在楼上看你。

明月装饰了你的窗子,
你装饰了别人的梦。

作　　者

卞之琳(1910年—2000年),祖籍江苏溧水(今属南京),曾用笔名季陵等。1929年考入北京大学英文系,1930年开始写诗。抗战期间先后在四川大学、西南联合大学任教。有《汉园集》(合集)、《三秋草》《鱼目集》《十年诗草》《雕虫纪历》等。

简　　评

这首诗原来是一首长诗中的四行,因为只有这四行使诗人感到满意,于是抽出来独立成章,故称"断章"。诗人说:"这是抒情诗,是以超然而珍惜的感情,写一刹那的意境。我当时爱想世间人物、事物的息息相关,相互依存,相互作用。人可以看风景,也可能自觉、不自觉点缀了风景;人可以见明月装饰了自己的窗子,也可能自觉不自觉地成了别人梦境的装饰。"又说:"我的意思是着重在相对上。"前两句意境非常接近杜牧《南陵道中》:"正是客心孤回处,谁家红袖凭江楼。"后两句拈出"装饰"二字。李健吾说:"诗人对于人生的解释,都是在装饰。"这四行诗意境清晰,而又留下太多阐释的空间,所以独步新诗界,而有百读不厌的魅力。

鱼化石（一条鱼或一个女子说）

卞之琳

我要有你的怀抱的形状。
我往往溶于水的线条。
你真像镜子一样的爱我呢。
你我都远了乃有鱼化石。

简　评

　　这是一首爱情诗，或情话诗。诗人怕别人不懂，便于诗题括注一句"一条鱼或一个女子说"。"鱼"等于女子，而"石"（你）等于男子。化石上留下鱼的印记，就是"你的怀抱的形状"；而鱼化石所呈现的形状，恰若鱼之在水，所以说"我往往溶于水的线条"。唐诗示爱的名句有"愿为明镜分娇面"（刘希夷），鱼之在石恰如像之在镜，所以说"你真像镜子一样爱我呢"。"你我都远了"，指鱼化石的形成经历了漫长岁月，所以，"鱼化石"就像一个爱情的传说。这只是一种阐释。一首诗能引起不同的阐释，就说明它成功了。

煤的对话

艾青

——A—Y.R.
你住在哪里？

　　　　我住在万年的深山里
　　　　我住在万年的岩石里

　　　　你的年纪——

　　　　我的年纪比山的更大
　　　　比岩石的更大

　　　　你从什么时候沉默的？

　　　　从恐龙统治了森林的年代
　　　　从地壳第一次震动的年代

　　　　你已死在过深的怨愤里了么？

　　　　死？不，不，我还活着——
　　　　请给我以火，给我以火！

作　者

　　艾青（1910年—1996年），原名蒋正涵，字养源，号海澄，浙江金华人。1928年入杭州国立西湖艺术院。1928年赴法国巴黎勤工俭学，学习绘画，接触欧洲现代派诗歌。1932年回国在上海加入中国左翼美术家联盟。1941年赴延安，任《诗刊》主编。曾任中国作家协会副主席、国际笔会中心副会长等职。1985年获法国文学艺术最高勋章。有《艾青诗选》《艾青全集》等。

简　评

　　这首诗以四组问答构成，极类访谈。问题设计者：诗人；回答者：人格化的煤。问得简洁，答得扼要。而以第四问最重要（你已死在过深的怨愤里么），回答也最精彩，"我还活着"本来就回答完了，谁想到会补上两句"请给我以火"。"煤"这一形象的象征意蕴，读者很容易联想到的，就是社会最底层沉默的大多数，比较接近闻一多的"别看五千年没有说破，你猜得透火山的缄默？"而煤的特征是遇火即燃，诗人用煤来譬喻苦难深重而潜力巨大的中华民族，再贴切不过。全诗形象集中，篇幅短小，而思想容量极大。

我爱这土地

艾青

　　假如我是一只鸟，
　　我也应该用嘶哑的喉咙歌唱：
　　这被暴风雨所打击着的土地，
　　这永远汹涌着我们的悲愤的河流，
　　这无止息地吹刮着的激怒的风，
　　和那来自林间的无比温柔的黎明……
　　——然后我死了，
　　连羽毛也腐烂在土地里面。

　　为什么我的眼里常含泪水？
　　因为我对这土地爱得深沉……

简　评

　　这首献给"土地"的歌,作于抗战期间。"土地"(乡土)和"我"是关键词,"鸟"是重要的意象,是"我"的变形。为什么变形为鸟呢?因为鸟是"林间"的歌者。"嘶哑"本不属于鸟声,而属于"我"。"暴风雨""打击""永远汹涌""悲愤的""无止息地吹刮""激怒的"等等,意味着这片土地的多灾多难,所幸还有"那来自林间的无比温柔的黎明","黎明"象征着希望。然后鸟声戛然而止——它死了,连羽毛也要烂作"春泥",这要何等的深情!于是,从鸟的变形恢复到诗人的原形,隔开一行,换成独白的语气,十分动情。诗很短,却感人至深,最后两句早已是尽人皆知了。

太阳

艾青

从远古的墓茔
从黑暗的年代
从人类死亡之流的那边
震惊沉睡的山脉
若火轮飞旋于沙丘之上
太阳向我滚来……

它以难掩的光芒
使生命呼吸
使高树繁枝向它舞蹈

使河流带着狂歌奔向它去

当它来时，我听见
冬蛰的虫蛹转动于地下
群众在旷场上高声说话
城市从远方
用电力与钢铁召唤它

于是我的心胸
被火焰之手撕开
陈腐的灵魂
搁弃在河畔
我乃有对于人类再生之确信

简　　评

　　这是一首太阳的颂歌。第一节写太阳升起。有谁见过太阳是这样升起的呢？除非先民壁画中关于太阳的图腾，满满的崇拜。第二节写阳光是生命之源泉，使生命呼吸，使世间万物欣欣向荣，是崇拜的理由。第三节写穿透寂静的声音，昆虫惊蛰的声音和人声（群众在旷场高声说话），这是两种具象的声音；还有城市用电力（能源）和钢铁（材料）向太阳发出的召唤（邀请），这是抽象的声音。诗人浮想联翩，想象力非同寻常。第四节写自我从痛苦中蜕变，从烈火中再生，于是坚信人类也终将蜕变。太阳升起，一切会好起来，"东方须臾高知之"。一方面是生动具象，一方面是高度抽象，表现坚定信仰，富于象征意蕴，所以耐读。

手推车

艾青

在黄河流过的地域,
在无数的枯干了的河底,
手推车,
以唯一的轮子,
发出使阴暗的天穹痉挛的尖音,
穿过寒冷与静寂,
从这一个山脚,
到那一个山脚,
彻响着
北国人民的悲哀,

在冰雪凝冻的日子,
在贫穷的小村与小村之间,
手推车,
以单独的轮子,
刻画在灰黄土层上的深深的辙迹,
穿过广阔与荒漠,
从这一条路,
到那一条路,

交织着,
北国人民的悲哀。

简　评

　　诗人毅然摆脱了对其苦难悲哀的任何具体的情事,而从提炼概括中寻找到"手推车"这样一个简单、平凡而深邃的象征意象,这一点就决定了诗的不朽价值。手推车这种十分落后却长期存在的运载工具,既是北国农民形影相吊的伙伴,又是世代纠缠他们的古老"鬼魂"。它自然能够成为极低的生产力和落后的生产关系的象征。就是这样只有"唯一的""单独的"轮子的小车,却像一条链索,拴着北国农民,"在枯干了的河底","在贫穷的小村与小村之间","从这一个山脚,到那一个山脚","从这一条路,到那一条路",却永远走不出这片贫瘠的黄土地。这里"彻响着""交织着"的悲哀,是莫名的,又是沉重的。"手推车",称名很小,而意蕴内涵却很大很大。诗中那没加任何修饰说明的"悲哀",却动人心魄。

乞丐

艾青

在北方
乞丐徘徊在黄河的两岸
徘徊在铁道的两旁

在北方
乞丐用最使人厌烦的声音

呐喊着痛苦
说他们来自灾区
来自战地

饥饿是可怕的
它使年老的失去仁慈
年幼的学会憎恨

在北方
乞丐用固执的眼
凝视着你
看你在吃任何食物
和你用指甲剔牙齿的样子

在北方
乞丐伸着永不缩回的手
乌黑的手
要求施舍一个铜子
向任何人
甚至那掏不出一个铜子的兵士

简　　评

　　这首诗写作的历史情境是战地、灾区,太多人流离失所,成为陇海线沿途的乞丐。"这首诗给人的感受是一次完成的艺术生命。一次完成的诗,往往要在诗人心中孕育很久。作者回忆写这首诗时说,乞丐伸出的永不缩回的手的细微动作,他是观察了很久之后才捕捉到这个体现痛苦的动作的,说明《乞丐》这首诗孕育的时间是很长的。这首诗全部是用切实的语言和细微准确的动作表现的,没有夸张和虚构,这些朴实的语言都是绝对不能改动一个字的。正是这些生命的语言,才诞生了一个活的痛苦的正在乞讨的乞丐……它也是中国新诗历史上一个不朽的乞丐形象。"(牛汉)诗中充满镜头语言,以"在北方"打头的四节,都是乞丐的活动影像。中间夹着一段:"饥饿是可怕的,它使年老的失去仁慈,年幼的学会憎恨。"掷地有声的格言,写出饥饿之可怕,揭示了人性隐藏很深的一面。这首诗给人的感受确是一次艺术生命的完成。

礁石

艾青

一个浪,一个浪
无休止地扑过来
每一个浪都在它脚下
被打成碎沫,散开……

它的脸上和身上
像刀砍过的一样
但它依然站在那里
含着微笑,看着海洋……

简　评

这首诗写在诗人出访智利并祝贺聂鲁达五十诞辰之际。它的内在韵律,来自对海浪律动的感受。第一节前两句是涨,后两句是消,写出了浪对礁石无情的冲击和礁石对浪不动声色的抗争与回击。朗诵这首诗,读到"被打成碎沫"时,应该停顿一下,然后缓缓读出最后两个字——"散开",才能充分传达这首诗的内韵之美。正因为新诗的内韵是对生活的内模仿,没有程式的规定,因此它更是无所不在,更是不可方物的。

鱼化石

艾青

动作多么活泼,
精力多么旺盛,
在浪花里跳跃,
在大海里浮沉;

不幸遇到火山爆发,
也可能是地震,
你失去了自由,
被埋进了灰尘;

过了多少亿年,
地质勘探队员,
在岩层里发现你,
依然栩栩如生。

艾青·鱼化石　65

但你是沉默的，
连叹息也没有，
鳞和鳍都完整，
却不能动弹；

你绝对的静止，
对外界毫无反应，
看不见天和水，
听不见浪花的声音。

凝视着一片化石，
傻瓜也得到教训：
离开了运动，
就没有生命。

活着就要斗争，
在斗争中前进，
即使死亡，
能量也要发挥干净。

简　评

　　这是一首寓言诗。据诗人自己说，在延安时他亲眼看到林伯渠有这样一块鱼化石，石上有六七条鱼，感觉是游动的。"动作多么活泼，精力多么旺盛，在浪花里跳跃，在大海里浮沉"，这一段写的，就是化石上鱼所呈现的形态，一切都是那么鲜活。然而一次火山爆发或是一次地震，这一切都凝固了，定格了。当它重新出现，虽然栩栩如生，然而却是沉默的、静止的、毫无反应的，看不见也听不见。鱼的悲剧在于，生命终止在生命力最旺盛的时候。这首诗并未写在诗人看到鱼化石的当时，而是到了1978年，诗人有感于自己的经历和几十年前看到的鱼化石，突然搭成了联想，于是就有了这首诗。

河

何其芳

我散步时的侣伴，我的河，
你在歌唱着什么？
我这是多么无意识的话呵。
但是我知道没有水的地方就是沙漠。

你从我们居住的小市镇流过。
我们在你的水里洗衣服洗脚。
我们在沉默的群山中间听着你
像听着大地的脉搏。
我爱人的歌，也爱自然的歌，
我知道没有声音的地方就是寂寞。

作　者

何其芳（1912年—1977年），原名何永芳，四川万县（今重庆万州）人。1935年于北京大学哲学系毕业。1938年，到延安鲁迅艺术学院任教。新中国成立后,曾任中国作家协会书记处书记,中国社会科学院哲学社会科学部学部委员、文学研究所所长,《文学评论》主编。有《汉园集》(合集)、《预言》等。

简　　评

　　这首诗写漫步的随想。诗人暗用拟人法,通过与河对话的方式,赞美了人与自然和谐相处的关系。诗中最具诗意和哲理的两句诗是:"没有水的地方就是沙漠","没有声音的地方就是寂寞"。这两句话如果说成"沙漠就是没有水的地方""寂寞就是没有声音的地方",便是凡语。而妙语只在一转换间。诗的最后两句,表达了诗人热爱人类和自然的情感。

风景

辛笛

　　列车轧在中国的肋骨上
　　一节接着一节社会问题
　　比邻而居的是茅屋和田野间的坟
　　生活距离终点这样近
　　夏天的土地绿得丰饶自然
　　兵士的新装黄得旧褪凄惨
　　惯爱想一路来行过的地方
　　说不出生疏却是一般的黯淡
　　瘦的耕牛和更瘦的人

都是病,不是风景!

作　者

辛笛(1912年—2004年),本名王馨笛,祖籍江苏淮安,生于天津。1935年毕业于清华大学外文系。1936年至1939年,在英国爱丁堡大学英国语文系进修。回国后,任暨南大学、光华大学教授。九叶派代表诗人。曾任中国作家协会第四届理事、上海分会副主席。有《珠贝集》《手掌集》《辛笛诗稿》等。

简　评

题为《风景》,最后点题为"不是风景"。诗人借用了西方现代派的手法,将铁轨借代以"中国的肋骨",把车厢借代以"社会问题",于是社会问题显得如此具体。以下用重点对比的手法,"比邻而居的是茅屋和田野间的坟,生活距离终点这样近",暗示的是贫穷和落后;"夏天的土地绿得丰饶自然,兵士的新装黄得旧褪凄惨",暗示的是中国军人社会地位之低,遭遇之悲惨;"瘦的耕牛和更瘦的人",暗示中国社会农村之凋敝,农民生存之艰辛。最后的点题方才是振聋发聩,发人深省。全诗只有最后一句使用标点,表明所做为反题文章,暗示社会百"病"缠身,"列车"或将倾覆矣。

脱袜吟

纪弦

何其臭的袜子,
何其臭的脚。
这是流浪人的袜子,

流浪人的脚。

没有家,
也没有亲人。
家呀,亲人呀,
何其生疏的东西呀。

作　者

纪弦(1913年—2013年),原名路逾,笔名路易士,祖籍陕西,生于河北清苑。1933年毕业于苏州美术专科学校。1936年与徐迟、戴望舒合作创办《新诗》月刊。1938年到香港,曾编辑《国民日报》副刊《新垒》。1945年起启用笔名纪弦。1948年去台湾。1976年底移居美国。有《易士诗集》《饮者诗抄》《槟榔树》等。

简　评

流沙河说,二十一岁的纪弦唱着此诗步入诗苑。蒋捷在流亡中吟过"何日归家洗客袍"。衣裳脏了想家,那是士大夫的古调;袜子臭了想家,却是现代人的新腔,古人断然不肯这样唱的。纪弦唱了,唱得真好。用现代人的日常语言写现代人的生活体验,这是新诗。

你的名字

纪弦

用了世界上最轻最轻的声音,
轻轻地唤你的名字每夜每夜。

写你的名字。
画你的名字。
而梦见的是你的发光的名字:

如日,如星,你的名字。
如灯,如钻石,你的名字。
如缤纷的火花,如闪电,你的名字。
如原始森林的燃烧,你的名字。

刻你的名字!
刻你的名字在树上。
刻你的名字在不凋的生命树上。
当这植物长成了参天的古木时,
啊啊,多好,多好,
你的名字也大起来。

大起来了,你的名字。
亮起来了,你的名字。
于是,轻轻轻轻轻轻轻轻地唤你的名字。

简　　评

用爱人的名字作为诗歌意象,诗人不是第一个,也不会是最后一个。金代董解元《西厢记诸宫调》就有"锦笺本传自吟诗,张张写遍莺莺字"。至于运用叠咏、重复、回环、博喻,更不是什么新鲜的事。这首诗的创意在这一节:"刻你的名字!刻你的名字在树上。刻你的名字在不凋的生命树上。……你的名字也大起来。"

这个想法独到,真好。这首诗通常被认为是思念爱人之作。也有人认为诗中的"你"不一定指人,也可能是指代对家乡或祖国的思念,那就更有意思了。

泥土

鲁藜

老是把自己当作珍珠
就时时有怕被埋没的痛苦

把自己当作泥土吧
让众人把你踩成一条道路

作　者

　　鲁藜(1914年—1999年),原名许图地,福建同安人。七月派诗人。少年时代在越南度过。1932年回国。曾在集美乡村师范实验学校学习。1934年后在上海、安徽等地从事教育及文艺工作。1938年到延安。1942年起在鲁迅艺术学院任教。新中国成立后,曾任天津文学工作者协会主席等。有《醒来的时候》《锻炼》《时间的歌》等。

简　评

　　这首小诗赞美"泥土",泥土的价值在于铺路;与之对立的意象是"珍珠",珍珠如果不用于饰物,就不免有被埋没的痛苦。这充分体现了诗人的价值取向——崇尚的是一种奉献精神。俄国大文豪列夫·托尔斯泰说:"一个人就好像是一个分数,他的实际才能好比分子,而他对自己的估计好比分母,分母愈大则分数的值愈小。"与这首诗的寓意，也有不谋而合之处。全诗语言清新朴素，避免了枯燥说教，所以为人传诵。

假使我们不去打仗

田间

假使我们不去打仗，
敌人用刺刀
杀死了我们，
还要用手指着我们骨头说：
"看，
这是奴隶！"

作　　者

田间（1916年—1985年），原名童天鉴，安徽无为人。1933年考入上海光华大学外文系。1934年加入中国左翼作家联盟，参加《文学丛报》和《新诗歌》的编辑工作。1938年春夏，到延安与文艺界同仁共同发起"街头诗运动日"。被闻一多称为"擂鼓诗人"和"时代的鼓手"。有《未名集》《中国牧歌》《给战斗者》《誓词》等。

简　　评

这是一首街头诗，是抗战时期产生的一种短小精悍、紧密配合对敌斗争的一种宣传诗，也称"传单诗""墙头诗"，经常配以漫画，以发挥宣传鼓动作用。这样的诗必须以超审美的标准，来评价它的重要性。含蓄是诗美的重要尺度，但直白有时也是一种美。中国古人说："士可杀，不可辱。"老百姓说："人活一张脸，树活一张皮。"这首诗就抓住中国人的民族文化心理,以最短的字句告诉观众,不去参军打仗,会是什么后果:不仅丢命,而且丢脸;命丢得起,脸丢不起。这首诗的宣传鼓动效用,不可低估。

坚壁

田间

狗强盗,
你要问我么:
"枪、弹药,
埋在哪儿?"

来,我告诉你:
"枪、弹药,
统埋在我的心里!"

简　评

"坚壁清野"是抗日战争时期,敌占区人民采取的对敌斗争策略,意思是加强工事,使堡垒坚固;将野外的粮食作物和重要物资清理收藏起来,使敌人深入后增加困难,消耗力量,无所获取(语出《三国志·魏书·荀彧传》:"今东方皆已收麦;必坚壁清野以待将军。")。这首诗形象地对"坚壁"这一概念做了全新的阐释。全诗用人物语言,塑造了一个落入敌手的英雄。他面对敌人的威逼利诱,宁死不屈。不说"要枪、弹药统统没有,要命有一条",而说"枪、弹药,统埋在我的心里",以调侃表达对敌人极度的愤恨和轻蔑。语言掷地有声,极富张力。

罪人不在这里

冀汸

刽子手没有罪
被他杀死的人没有罪
来看杀人的人
没有罪……

愚蠢的没有罪
被欺骗来的没有罪

留声机说错了话
没有罪
刀子割断了花朵的嫩芽
刀子没有罪

作　　者

冀汸（1918年—2013年），原名陈性忠，湖北天门人。七月派代表诗人。1947年毕业于复旦大学历史系。曾任中国作家协会第四届理事，浙江省作家协会顾问等。

简　　评

这是一首政治控诉诗。它以辩护律师为委托人辩护的口气，替所有看似有罪的开脱罪名。细想来真有道理："刽子手"是一项职业，职业有罪吗？"被他杀死的人"，可能真的没有罪，但能怪刽子手吗？"来看杀人的人"当然更没有罪了，斩首不就为了"示众"吗?"愚蠢的""被欺骗来的"更不用说了。"留声机说错了话",不能怪留声机呀。"刀子割断了花朵的嫩芽",刀子只是工具呀。那么谁有罪呢?诗要控诉谁呢?诗题说:"罪人不在这里。"诗人不欲明言,给读者留下了想象的空间。诗以创意为贵,这首诗就太有创意。

诗八章(其七)

穆旦

风暴,远路,寂寞的夜晚,
丢失,记忆,永续的时间,
所有科学不能祛除的恐惧
让我在你的怀里得到安憩——

呵,在你的不能自主的心上,
你的随有随无的美丽的形象,
那里,我看见你孤独的爱情
笔立着,和我的平行着生长!

作　者

　　穆旦(1918年—1977年),原名查良铮,曾用笔名梁真,祖籍浙江海宁,出生于天津。金庸的堂兄。1940年毕业于西南联大并留校任教。1949年赴美国留学,入芝加哥大学英国文学系学习。1953年回国任教于南开大学外文系。1977年因心脏病去世。有《探险队》《穆旦诗集》等。

简　评

　　这是爱情组诗八首中的一首,是对爱情的精神性的最高礼赞。"风暴,远路,寂寞的夜晚""丢失,记忆,永续的时间",是人生在世可能或必然遭遇的恐惧。在这些恐惧面前,科学无能为力。爱情乃是诗人的信仰,只有在"你"的怀里,这一切难以承受的恐惧与焦虑才能得到化解。诗人在"安憩"一词的后面用了个破折号,表示这安憩的获得是因为后面所写的内容。"那里,我看见你孤独的爱情笔立着,和我的平行着生长!""笔立着""平行着生长",表现了诗人的爱情观,近乎舒婷在《致橡树》里写到的两棵树之间的爱情:"仿佛永远分离,却又终身相依。"至于上文中的两个修饰语"不能自主""随有随无",则又透露了诗人对个体生命的悲观看法,使得爱情的存在带有了几分悲壮色彩。

乡村大道

郭小川

一

乡村大道呵,好像一座座无始无终的长桥!
从我们的脚下,通向遥远的天地之交;
那两道长城般的高树呀,排开了绿野上的万顷波涛。

哦,乡村大道,又好像一根根金光四射的丝绦!
所有的城市、乡村、山地、平原,都叫它串成珠宝;
这一串串珠宝交错相连,便把我们的锦绣江山缔造!

二

乡村大道呵,也好像一条条险峻的黄河!
每一条的河身,至少有九曲十八折;
而每一曲、每一折呀,都常常遇到突起的风波。

哦,乡村大道,又好像一道道干涸的沟壑!
那上面的石头和乱草呵,比黄河的浪涛还要多;
古往今来的旅人哟,谁不受够了它们的颠簸!

三

乡村大道呵,我生之初便在它上面匍匐;
当我脱离了娘怀,也还不得不在上面学步;
假如我不曾在上面匍匐学步,也许至今还是个侏儒。

哦,乡村大道,所有的山珍土产都得从此上路,
所有的英雄儿女,都得在这上面出出入入;
凡是前来的都有远大的前程,不来的只得老死狭谷。

四

乡村大道呵,我爱你的长远和宽阔,
也不能不爱你的险峻和你那突起的风波;
如果只会在花砖地上旋舞,那还算什么伟大的生活!

哦，乡村大道，我爱你的明亮和丰沃，
也不能不爱你的坎坎坷坷、曲曲折折；
不经过这样山山水水，黄金的世界怎会开拓！

作　者

郭小川（1919年—1976年），原名郭恩大，河北丰宁凤山（原属热河）人。1933年日寇侵占热河，随家逃难北平。一二·九运动后，积极投身于抗日救亡的学生运动。曾任中国作家协会党组副书记。有《平原老人》《投入火热的斗争》《鹏程万里》《昆仑行》等。

简　评

这首诗作于二十世纪新中国的暂时困难时期。1961年11月诗人到昆明访问，因有所感而作此诗，1962年6月改定于北京。全诗"四部分，八个小节。第一部分赞扬了乡村大道在沟通城乡、串成'珠宝'方面所做的贡献和在缔造我们的锦绣江山中所起的重要作用。第二部分以思想家的求索精神，写乡村大道的险峻和坎坷，给人以深沉的思考。第三部分从人的成长和物资流通的角度，抒发了自己在坎坷的乡村大道学步前进的内心感受。第四部分是全诗的精华所在：它在高远、壮阔的艺术概括中寄寓着'不经过这样的山山水水，黄金的世界怎会开拓'的深刻哲理，表现了诗人战斗的人生观"（古远清）。

尽管我再也不会歌唱

绿原

我失落了一支歌

一支从心里流出来的歌
从此我比哑子还哑
因为我只会唱这支歌

于是我丧魂失魄，到处寻找
可是我再也找不到
即使风止树静水落石出
我已习惯了哑巴的苦笑

一群少年从我身旁跑过
他们一边跑一边唱
唱的就是我那支失落的歌

作　者

绿原（1922年—2009年），原名刘仁甫，曾用译名刘半九。七月诗派后期重要代表诗人之一。1949年后曾在长江日报社和中共中央宣传部任职，离休前为人民文学出版社副总编辑。译作《浮士德》获首届"鲁迅文学奖优秀文学翻译彩虹奖"。有《绿原自选诗》《又是一个起点》《人之诗》等。

简　评

诗题"尽管我再也不会歌唱"，是半截话，另一半呢，读完全诗就会知道。没有说出的话应该是，还会有人继续歌唱。"比哑子还哑""哑巴的苦笑"，道出了被剥夺自由和歌唱者所承受的痛苦折磨。主人公却从"一边跑一边唱"的"少年"那里，找到了"那支失落的歌"，从而得到心理的补偿。诗人是向前看的，他的胸怀所以博大。

半棵树

牛汉

真的,我看见过半棵树
在一个荒凉的山丘上

像一个人
为了避开迎面的风暴
侧着身子挺立着

它是被二月的一次雷电
从树尖到树根
齐楂楂劈掉了半边

春天来到的时候
半棵树仍然直直地挺立着
长满了青青的枝叶

半棵树
还是一整棵树那样高
还是一整棵树那样伟岸

人们说

雷电还要来劈它
因为它还是那么直那么高

雷电从远远的天边盯住了它

作　者

　　牛汉（1923年—2013年），原名史成汉，曾用笔名谷风，山西定襄人。七月派代表诗人之一。1949年后曾供职于人民大学、人民文学出版社等。曾任中国诗歌协会副会长、中国作家协会全国名誉委员。有《彩色的生活》《爱与歌》《温泉》《海上蝴蝶》《沉默的悬崖》等。

简　评

　　这是一首寓言诗。诗中的"半棵树"是被雷劈掉了半边的树，其遭引雷击的原因是"直"而"高"，这在电学上是可以得到解释的。但诗人写这首诗，不是为了说明物理，而是托物言志。诗中这棵树，剩下半条命却禀性难移："春天来到的时候，半棵树仍然直直地挺立着，长满了青青的枝叶。"于是人们预言，它将再次遭到雷击。这就是半棵树的宿命。诗的结句极为精彩："雷电从远远的天边盯住了它。"这里的"雷电"是人格化的，它似乎也在执行神圣的任务，就是紧"盯"住认准的对象不放。这首诗不需要太多解释，因为读者懂的。

三门峡——梳妆台

贺敬之

望三门，三门开：

"黄河之水天上来！"
神门险，鬼门窄，
人门以上百丈崖。
黄水劈门千声雷，
狂风万里走东海。

望三门，三门开：
黄河东去不回来。
昆仑山高邙山矮，
禹王马蹄长青苔。
马去门开不见家，
门旁空留梳妆台。

梳妆台呵，千万载，
梳妆台上何人在？
乌云遮明镜，
黄水吞金钗。
但见那：辈辈艄公洒泪去，
却不见：黄河女儿梳妆来。

梳妆来呵，梳妆来！
——黄河女儿头发白。
挽断白发三千丈，
愁杀黄河万年灾！
登三门，向东海：

问我青春何时来？！

何时来呵，何时来？……
——盘古生我新一代！
举红旗，天地开，
史书万卷脚下踩。
大笔大字写新篇：
社会主义——我们来！

我们来呵，我们来，
昆仑山惊邙山呆：
展我治黄河万里图，
先扎黄河腰中带——
神门平，鬼门削，
人门三声化尘埃！

望三门，门不在，
明日要看水闸开。
责令李白改诗句：
"黄河之水手中来！"
银河星光落天下，
清水清风走东海。

走东海，去又来，
讨回黄河万年债！

黄河女儿容颜改，
为你重整梳妆台。
青天悬明镜，
湖水映光彩——
黄河女儿梳妆来！

梳妆来呵，梳妆来！
百花任你戴，
春光任你采，
万里锦绣任你裁！
三门闸工正年少，
幸福闸门为你开。
并肩挽手唱高歌呵，
无限青春向未来！

作　者

贺敬之（1924年—），山东枣庄人。1942年毕业于延安鲁迅艺术文学院文学系。1945年与丁毅联合执笔写成歌剧《白毛女》。曾任中共中央宣传部副部长、文化部代部长、中国作家协会副主席等职。有《放歌集》《贺敬之诗选》等。

简　评

梳妆台是屹立于黄河三门峡峡谷中的一个小岛，1957年兴建三门峡大坝时与鬼岛、神岛、人岛一起被炸掉。这首诗借梳妆台之名，虚拟了"黄河女儿"这一形象，贯穿全诗，最后以"三门闸工正年少"与之映带，以"无限青春向未来"作结，充满激情。全诗分三段：前四小节为第一段，写黄河苦难的昨天；五、六节为第二段，写治理三门峡的壮举；最后三小节，展望黄河美好的明天。全诗结合古典诗词和民歌的优长,每节的前两句,采用民歌"三三七"的句法;从第二节起,节与节之间采用顶真、复迭等手法,一韵到底,节奏感强,语言流畅,音调和谐,朗朗上口,通俗易懂,特别适合朗诵。

桂林山水歌

贺敬之

云中的神呵,雾中的仙,
神姿仙态桂林的山!

情一样深呵,梦一样美,
如情似梦漓江的水!

水几重呵,山几重?
水绕山环桂林城……

是山城呵,是水城?
都在青山绿水中……

呵!此山此水入胸怀,
此时此身何处来?

……黄河的浪涛塞外的风。

此来关山千万重。

马鞍上梦见沙盘上画:
"桂林山水甲天下"……

呵!是梦境呵,是仙境?
此时身在独秀峰!

心是醉呵,还是醒?
水迎山接入画屏!

画中画——漓江照我身千影,
歌中歌——山山应我响回声……

招手相问老人山,
云罩江山几万年?

——伏波山下还珠洞,
室珠久等叩门声……

鸡笼山一唱屏风开,
绿水白帆红旗来!

大地的愁容春雨洗,
请看穿山明镜里——

呵！桂林的山来漓江的水——
祖国的笑容这样美！

桂林山水入胸襟，
此景此情战士的心——

是诗情呵，是爱情？
都在漓江春水中！

三花酒掺一份漓江水，
祖国呵，对你的爱情百年醉……

江山多娇人多情，
使我白发永不生！

对此江山人自豪，
使我青春永不老！

七星岩去赴神仙会，
招呼刘三姐呵打从天上回……

人间天上大路开，
要唱新歌随我来！

三姐的山歌十万八千箩，

战士呵，指点江山唱祖国……

红旗万梭织锦绣，
海北天南一望收！

塞外的风沙呵黄河的浪，
春光万里到故乡。

红旗下：少年英雄遍地生——
望不尽：千姿万态"独秀峰"！

——意满怀呵，情满胸，
恰似漓江春水浓！

呵！汗雨挥洒彩笔画：
桂林山水——满天下！……

简　评

　　这首诗采用陕北民歌"信天游"两句一节的形式，融合民间神话传说及具有桂林本地风光的若干地名，从容道来。"诗人身在桂林，又跳出了桂林。前四节概写桂林山水及桂林城的美丽。动静结合，虚实相生。五至十节，由一个设问引出诗人对桂林山水的感受。诗人仿佛置身于梦境、仙境中于'画中画''歌中歌'中，物我两忘，彼此相融。十一至十四节，具体写老人山、还珠洞、鸡笼山、穿山的历史变迁。最后几节诗的旨意提升了，诗情也深化了。'桂林山水——满天下！'一个前进中的中国正大汗淋

漓！诗大体整齐押韵，韵脚的频繁转换和对仗、复沓的运用，传达出诗人跌宕起伏、魂牵梦绕的情思。"（杨四平）

从前慢

木心

记得早先少年时
大家诚诚恳恳
说一句是一句
清早上火车站
长街黑暗无行人
卖豆浆的小店冒着热气
从前的日色变得慢
车，马，邮件都慢
一生只够爱一个人
从前的锁也好看
钥匙精美有样子
你锁了人家就懂了

作　者

　　木心（1927年—2011年），本名孙璞，字仰中，号牧心，笔名木心。出生于浙江乌镇。毕业于上海美术专科学校。曾任杭州绘画研究社社长、上海工艺美术家协会秘书长等。1982年起，长居美国纽约，从事美术及文学创作。2006年回国定居，逝世于故乡乌镇。有《文学回忆录》《素履之往》《云雀叫了一整天》等。

简　　评

　　这是一首伤逝怀旧之作。失去了的东西，会因为时间距离，成为美好的记忆。所以关于从前的记忆，没有不美好的。由于同样的原因，从前总是会把现在比下去："记得早先少年时，大家诚诚恳恳，说一句，是一句"，言外之意现在不这样了。人生与早行相关的记忆，总是特别深刻：火车站、无人的长街、小店豆浆腾腾的热气，都难以忘怀。从前的慢，是生活节奏慢。"一生只够爱一个人"，这一金句的言外之意，是人心不古。从前的锁和钥匙，本来最朴素、最简陋，只防小人不防君子，"你锁了人家就懂了"，可见君子多小人少。这首诗概括了人们普遍的生活经验和生活感受，以及对慢节奏生活、对爱情专一的向往，故能引起普遍的阅读兴趣和共鸣，遂为人传诵。

乡愁

余光中

小时候
乡愁是一枚小小的邮票
我在这头
母亲在那头

长大后
乡愁是一张窄窄的船票
我在这头

新娘在那头

后来啊
乡愁是一方矮矮的坟墓
我在外头
母亲在里头

而现在
乡愁是一湾浅浅的海峡
我在这头
大陆在那头

作　者

　　余光中（1928年—2017年），祖籍福建永春。1947年就读于金陵大学外文系。1949年转入厦门大学。1952年毕业于台湾大学外文系。1954年，参与创办蓝星诗社。1957年主编《蓝星》周刊。1959年获美国爱荷华大学艺术硕士学位。1974年至1985年任香港中文大学中文系教授。1985年返台湾任教。有《在冷战的年代》《白玉苦瓜》《天狼星》《紫荆赋》《守夜人》等。

简　评

　　这首诗以白描手法，将人生各阶段四种不同的离情别绪，统一在"乡愁"的题目下。各节最后两句分别结束以"这头""那头"（有一段作"外头""里头"），语言极简而内涵极厚，兼具结构美和韵律美，在同一母题的诗中独占鳌头，是诗人的压卷之作，堪称当代"静夜思"。2011年诗人在华南理工大学讲学时，曾当众朗读自己为此诗续写的第五段："而未来，乡愁是一道长长的桥梁，你来这头，我去那头！"表达了他对两岸统一的信心，可入当代诗话。

民歌

余光中

传说北方有一首民歌
只有黄河的肺活量能歌唱
从青海到黄海
风　也听见
沙　也听见

如果黄河冻成了冰河
还有长江最最母性的鼻音
从高原到平原
鱼　也听见
龙　也听见

如果长江冻成了冰河
还有我，还有我的红海在呼啸
从早潮到晚潮
醒　也听见
梦　也听见

有一天我的血也结冰
还有你的血他的血在合唱
从 A 型到 O 型
哭　也听见
笑　也听见

简　评

　　这首诗与前诗属同一母题,四节形成序列的叠咏方式也很相近。"诗的前两节,以'民歌'流传的自然序列暗示文化生态的巨变对民族精神的影响,以及在不断恶化的环境中民族精神的艰难悲壮的延续。诗中多重系列的意象(黄河、青海、长江、高原、平原;风、沙、鱼、龙)显现了培养和传承民族文化的深厚土壤与广阔领域。然而显然,环境的作用将随着自然的退化而衰减,民族精神的延续越来越依赖于民族个体生命力的蓬勃与弘扬。……从第三节开始发生了一种还原似的逆转,由自然转入社会,由历史转入现实,由环境转入人,一切回到人本身,民族精神再也不是外在的抽象,它从河流潜入肉体,化作血液的海洋,循环激荡,超越具体生命的局限,成为永恒的生命。……诗中河流与血液作为中心意象,其共性与差异的巧妙处理,暗喻的使用(冰河、结冰),共时性与历时性的纵横结构(陈述与虚拟),以及近乎完美的仿民歌形式(规整的分节、对称呼应的句式、重复句的运用与极富音乐感的节奏),给艺术欣赏至少在形式上留下了无穷的回味余地。"(伍方斐)

控诉一支烟囱

余光中

用那样蛮不讲理的姿态
翘向南部明媚的青空
一口又一口,肆无忌惮
对着原是纯洁的风景
像一个流氓对着女童
喷吐你满肚子不堪的脏话
你破坏朝霞和晚云的名誉
把太阳挡在毛玻璃的外边
有时,还装出戒烟的样子
却躲在,哼,夜色的暗处
向我噩梦的窗口,偷偷地吞吐
你听吧,麻雀都被迫搬了家
风在哮喘,树在咳嗽
而你这毒瘾深重的大烟客啊
仍那样目中无人,不肯罢手
还随意掸着烟屑,把整个城市
当作你私有的一只烟灰碟
假装看不见一百三十万张
——不,两百六十万张肺叶
被你熏成了黑恹恹的蝴蝶

在碟里蠕蠕地爬动，半开半闭
看不见，那许多噘噘的眼瞳
正绝望地仰向
连风筝都透不过气来的灰空

简　评

　　这首诗是诗人1985年由香港返台湾定居高雄后，有感于都市文明的污染，由"一支烟囱"和一支烟搭成联想，浮想联翩，一气呵成的。"如果说余光中的诗一向以深蕴象征的精巧意象与恬淡的美的清纯意境取胜，那么这首诗则显然近于散文甚至小说笔法，形象包罗了意象，意境被情绪裹挟，你看见诗人在窗前气喘吁吁，面对喷吐着'满肚子不堪的脏话'的人格化的烟囱，再也无心象征隐喻，情绪亢奋，只能以眼还眼以牙还牙，喷吐心头的愤怒与郁闷。""本诗仍发挥了余光中诗歌的一贯风格，意象交相叠映，意态流转自如。"（伍方斐）

烟之外

　　　　　　　　　　　　洛夫

在涛声中唤你的名字而你的名字
已在千帆之外

潮来潮去
左边的鞋印才下午
右边的鞋印已黄昏了

六月原是一本很感伤的书
结局如此之凄美
——落日西沉

你依然凝视
那人眼中展示的一片纯白
他跪向你向昨日那朵美了整个下午的云
海哟，为何在众灯之中
独点亮那一盏茫然

还能抓住什么呢？
你那曾被称为云的眸子
现有人叫作
烟

作　　者

洛夫（1928年—2018年），原名莫运端、莫洛夫，湖南衡阳人。1949年赴台湾，毕业于淡江大学英文系。1996年迁居加拿大温哥华。曾获诺贝尔文学奖提名，诗界誉为"诗魔"。有《洛夫诗歌全集》。

简　　评

这首诗写离情别绪，传统的题材（如"雨霖铃"），全新的表达方式。结尾说"你那曾被称为云的眸子，现有人叫作烟"，诗题"烟之外"也就意味着"眸子"之外了。开头两行写已然离别。第二节倒叙离别时的情景，时间是"整个下午"，留下了一沙滩脚印，"左边的鞋印才下午，右边的鞋印已黄昏了"，直到"落日西沉"。诗人曾说："我的诗句，亦如李白《将进酒》中所谓'君不见高堂明镜悲白发，朝如青丝暮成雪'，都是采用时间浓缩的技巧，说来并不新奇。"第三节"昨日"表示时间推移，离别成为往事，"那人""他"代换了第一节中的我，叙述角度的变换，有力地加强了情感的表达。

剔牙

洛夫

中午
全世界的人都在剔牙
以洁白的牙签
安详地在
剔他们
洁白的牙齿

依索匹亚的一群兀鹰
从一堆尸体中
飞起
排排蹲在
疏朗的枯树上
也在剔牙
以一根根瘦小的
肋骨

简　评

"洛夫的惊人之处，是多样、奇变、包括诙谐。"（叶维廉）这首诗便是奇思之游戏，诗中想象吊诡、超验、颠覆常识：全世界没有同一个"中午"，人类也不都有"洁白的牙齿"，兀鹰无牙可剔，等等。全诗采取意象并置的策略，将生活场景冷冷地和盘托出，让读者自己去发掘不平常的意蕴，所提供的阐释向度很多：可以是以肉食者亦被食肉，质疑人类的自我中心观念；倘若放到非洲连年饥荒、饿殍遍地的大背景中，则可以是对人类命运的关注。因此，用这首诗出理解类语文考试题目，很多人都选不正确。毋庸置疑的是，这首诗是现实的、批判的，更是超越的、智慧的。

就是那一只蟋蟀

流沙河

就是那一只蟋蟀
钢翅响拍着金风
一跳跳过了海峡
从台北上空悄悄降落
落在你的院子里
夜夜唱歌

就是那一只蟋蟀
在《豳风·七月》里唱过
在《唐风·蟋蟀》里唱过
在《古诗十九首》里唱过
在花木兰的织机旁唱过
在姜夔的词里唱过

劳人听过
思妇听过

就是那一只蟋蟀
在深山的驿道边唱过
在长城的烽台上唱过
在旅馆的天井中唱过
在战场的野草间唱过
孤客听过
伤兵听过

就是那一只蟋蟀
在你的记忆里唱歌
在我的记忆里唱歌
唱童年的惊喜
唱中年的寂寞
想起雕竹做笼
想起呼灯篱落
想起月饼
想起桂花
想起满腹珍珠的石榴果
想起故园飞黄叶
想起野塘剩残荷
想起雁南飞
想起田间一堆堆的草垛

想起妈妈唤我们回去加衣裳
想起岁月偷偷流去许多许多

就是那一只蟋蟀
在海峡这边唱歌
在海峡那边唱歌
在台北的一条巷子里唱歌
在四川的一个乡村里唱歌
在每个中国人脚迹所到之处
处处唱歌
比最单调的乐曲更单调
比最谐和的音响更谐和
凝成水
是露珠
燃成光
是萤火
变成鸟
是鹧鸪
啼叫在乡愁者的心窝

就是那一只蟋蟀
在你的窗外唱歌
在我的窗外唱歌
你在倾听
你在想念

我在倾听
我在吟哦
你该猜到我在吟些什么
我会猜到你在想些什么
中国人有中国人的心态
中国人有中国人的耳朵

作　　者

流沙河（1931年—2019年），原名余勋坦，四川金堂人。1948年在成都读高中时，开始写作。1950年9月被作家西戎介绍到《川西农民报》任副刊编辑和见习记者。1952年加入中国新民主主义青年团。同年9月调四川省文联工作，先后任创作员和《星星》诗刊编委。1978年到金堂县文化馆工作。获1979~1980年全国中青年诗人优秀新诗奖。1985年起专职写作。有《流沙河诗集》《故园别》等。

简　　评

这首诗的灵感，来自余光中致诗人的一封信，信中说："在海外，夜间听到蟋蟀叫，就会以为那是在四川乡下听到的那一只。"这句话使诗人浮想联翩。"就是那一只蟋蟀"，它能从海峡这边跳到那边，"在《豳风·七月》里唱过，在《唐风·蟋蟀》里唱过，在《古诗十九首》里唱过，在花木兰的织机旁唱过，在姜夔的词里唱过，劳人听过，思妇听过"。它显然不是一个眼前景，而是一个意象，一个乡愁的象征。虽然是百端交集，却又汇集到一点，即中国人的乡愁，韩愈一言以蔽之曰"以虫鸣秋"。"你该猜到我在吟些什么，我会猜到你在想些什么。中国人有中国人的心态，中国人有中国人的耳朵。"中国人的一个集体无意识，被这首诗写得淋漓尽致。全诗意象纷繁，意兴酣畅，音韵和谐，深宜讽诵。

月亮里的声音——给月琴手沙玛乌兹

梁上泉

你的胸怀竟如此宽广,
抱住了一个圆圆的月亮;
你的长裙拖着红霞,
从凉山飞到北京的舞台上。

听着月亮里的声音,
几疑是天上的嫦娥下降;
你用琴弦跟听众谈心,
又分明是个彝族姑娘。

月亮里只有个广寒宫,
月琴里却有你整个家乡;
通过你会说话的手指,
把我引到你放羊的远方。

一曲倾诉着奴隶的苦难,
像山顶郁结着不化的银霜,
森严的寨堡里有娃子在呼号,
滴热泪燃起一星火光。

一曲庆贺奴隶的解放，
两弦间就是一条欢腾的金沙江，
雪白的荞子花开在两岸，
牧人的舞影跃入水中央。

最后一曲献给山区的未来，
弹得星星落在孩子的书桌上，
惊喜地望着那美丽的现实，
一半像神话，一半像幻想……

掌声的急雨把我催回剧场，
幕布的黑云把你深深掩藏；
归来的路上琴音还很明朗，
正像这深夜里满街的月光。

作　者

梁上泉（1931年—），四川达州人。曾任四川省及重庆市作家协会副主席。有《喧腾的高原》《红云崖》《山泉集》等。

简　评

诗人在一个春夜，去北京天桥剧场观赏演出，一位名叫沙玛乌兹的彝族姑娘出现在舞台上，用月琴征服了他。月琴和月亮形状相似，诗人很自然地把琴声称作"月亮里的声音"。这首诗"着墨不多，委婉动人。写弹月琴的姑娘，'你的胸怀竟如此宽广，抱住了一个圆圆的月亮'，比喻既现成又新颖。轻轻一转，概括了彝族人民曾经走过和将要走去的道路。彝族姑娘把深情化为倾诉的乐曲，青年诗人把深情凝成鲜明的形象。像这一类用新旧陪衬来描写人的变化，社会的发展的……手法的长处是对比鲜明，但处理不好也会落入窠臼，产生重复的感觉，所以贵乎独辟蹊径，有所创造"（严辰）。

如歌的行板

痖弦

温柔之必要
肯定之必要
一点点酒和木樨花之必要
正正经经看一名女子走过之必要
君非海明威此一起码认识之必要
欧战，雨，加农炮，天气与红十字会之必要
散步之必要
遛狗之必要
薄荷茶之必要
每晚七点钟自证券交易所彼端

草一般飘起来的谣言之必要
旋转玻璃门之必要
盘尼西林之必要，暗杀之必要，晚报之必要
穿法兰绒长裤之必要，马票之必要
姑母继承遗产之必要
阳台、海、微笑之必要
懒洋洋之必要

而既被目为一条河总得继续流下去
世界老这样总这样——
观音在远远的山上
罂粟在罂粟的田里

作　　者

痖弦（1932年—），本名王庆麟，河南南阳人，现居台湾。《创世纪》诗刊的创办人。有《痖弦诗抄》《深渊》等。

简　　评

行板（意大利文Andante）是个音乐术语，指速度如行走般自然，处于小广板与小快板之间的乐曲。诗如其名，一口气数了十九个"之必要"。最后一节"而既被目为一条河总得继续流下去"是主题句，表明诗中所写乃是生活之常态，一种"必要"是对生活的肯定，另一种"必要"是对生活的无可奈何。"观音在远远的山上，罂粟在罂粟的田里"，这两句诗"至少表明，每一个存在都有其之所以存在的理由，而世界之构成往往恰是为对立所实现的"。"值得一提的一个细节是，第一诗段的末尾一句话与第二诗段的起始一句话之隔开成两段，其客观效果恰是把谣言草一般飘飞的状态摹写了出来。"（于慈江）

错误

郑愁予

我打江南走过
那等在季节里的容颜如莲花的开落

东风不来，三月的柳絮不飞
你的心如小小的寂寞的城
恰若青石的街道向晚
跫音不响，三月的春帷不揭
你的心是小小的窗扉紧掩

我达达的马蹄是美丽的错误
我不是归人，是个过客……

作　者

郑愁予（1933年—），本名郑文韬，祖籍河北宁河，生于山东济南。台湾中兴大学法商学院（今台北大学）统计系毕业，东海大学荣誉讲座教授暨驻校诗人。有《梦土上》《寂寞的人坐着看花》等。

简　评

根据诗人自述，这首诗源自童年的逃难经历。抗战全面爆发，诗人的父亲从陆军大学受训后一毕业就被送到湖北抗战前线。在他的童年记忆碎片中，有伤兵，有炮车，有战马的马蹄声……而诗中的主人公是以诗人母亲为原型的。诗中重要的一组意象是"过客""归人"。所谓"错误"，即"过尽千帆皆不是"的错误。诗中富于譬喻："那等在季节里的""莲花的开落"，譬喻一场空欢喜；"东风不来，三月的柳絮不飞"，譬喻守候者的执着；"小小的寂寞的城"譬喻主人公的空虚；"小小的窗扉紧掩"譬喻主人公的自闭；"达达的马蹄"譬喻那人归来的幻觉。"在这首忆旧的情诗里，浪子检讨了自己的不情。"（流沙河）

不老

王蒙

三十岁的人觉得四十岁的人太老了
四十岁的人觉得五十岁的人很老呵
五十岁的人觉得六十岁的人在老着
六十岁的人觉得七十岁的人真老了

谁又能不老呢
我的女儿明天过十七岁的生日
她说：我都老啦
已经失去了十六、十五、十四
留下了一串串跳皮筋、戴红领巾的日子

四十岁的人觉得三十岁的人年轻
五十岁的人觉得四十岁的人还小
六十岁的人觉得五十岁的人风华正茂
八十岁的人觉得七十岁的人也不算老

所有的先人都羡慕我们年轻
地球和月亮都觉得我们幼小
人类，本来就年轻
活着，就是年轻

留下那青春的鲜活的记忆

追求

奔跑

作　　者

王蒙（1934年—），河北南皮人。文化部原部长，中国作家协会名誉主席，兼任解放军艺术学院、南京大学、浙江大学、上海师范大学、华中师范大学、新疆大学、中国海洋大学、安徽师范大学等高校教授、名誉教授、顾问。曾获茅盾文学奖、意大利蒙德罗文学奖等。2019年获"人民艺术家"国家荣誉称号。有《王蒙文集》《王蒙文存》等。

简　　评

这是一首勘破天机的诗。花有重开日，人无再少年。然而，"年轻"是自我认知，也是心理暗示，是个相对的概念，看你和谁比，给自己何种心理暗示。人总能给出自己"年轻"的理由，也总能给出"老了"的证据。第一节和第三节以年龄序数递进、递退的各四行诗，把老和不老既是客观现实、又是主观感觉的道理，道得淋漓尽致。最逗的是十七岁的女儿说"我都老啦"，而八十岁的人反而觉得自己不老。有一次，一百零六岁的马识途赠诗八十六岁的王蒙，问他如何称呼是好，王蒙应声答道——"小王。"正是诗如其人。

祖国啊

李清联

想娘

泪两行
——黄河
——长江

作　者

李清联（1934年—2019年），又名马遵生，昵称"阳光老男孩"，生于河南沁阳，1958年移居洛阳。曾任洛阳市文学协会副主席、河南省作家协会理事、河南诗歌学会顾问等。有《我们沸腾的工厂》《绿云彩》《阳光老男孩诗抄》等。

简　评

这首诗很短，整个感情是悲壮的。娘，就是"祖国"啊。把黄河、长江当成两行想娘的泪，一方面有忧国忧民的意识，一方面也生动地表达了中国几千年苦难的历史沿革。把祖国融进了泪水，其实是一种最深切的爱国。后两句本可以写成"一行黄河，一行长江"，用两个破折号代替，行文更觉省净。一首超短的诗，包含三个韵字，运用得特别自然。

致蚊子

张新泉

别总叮那些裸腿美腿
别专咬那些年轻胳膊
蚊子蚊子你也来亲亲我

皮老可练嘴劲

血稠能解大渴

来吧，来吧
太阳落了，天色暗了
嗡嗡的蚊子呀拉索

来吧！来吧
让我也拍打拍打自己
让我也痒得哎哟哎哟

作　　者

张新泉（1941年—），原名张新荃，四川富顺人。曾任《星星》诗刊常务副主编、编审，四川省作家协会第二、三、四、五届理事等。曾获首届鲁迅文学奖。有《男中音和少女的吉他》《人生在世》《鸟落民间》等。

简　　评

题材本身并无高贵卑微之分，关键看诗人是什么样的人。袁枚《秋蚊》写出了"贪官衰世态，刺客暮年心。……怜他小虫豸，也有去来今"，语出悲悯，你能说他卑微吗？张新泉《致蚊子》更加俏皮。诗人招呼蚊子"也来亲亲我"，这可不是贱相。诗人就像一个侠客，看不惯捡软柿子捏的行为，偏要招惹一下："皮老可练嘴劲，血稠能解大渴。"可蚊子敢吗？"拍打拍打"，说得轻巧，难道就不要命吗？面对这种招惹，蚊子可能认怂。这首诗还有另外一个阐释的向度：与其活得不痛不痒，还不如痛点痒点。诗人举重若轻，而读者玩味不尽，这就是好诗了。

雷雨

雷抒雁

夏天是强盛的,
刚一进入它的疆界,
就听见隆隆的车马,
奔驰在夜的长街。

作　者

雷抒雁（1942年—2013年），陕西泾阳人。1967年毕业于西北大学中文系。其成名作是纪念张志新而写的长诗《小草在歌唱》。曾任中国作家协会第五、六、七届全委会委员，鲁迅文学院常务副院长，中国诗歌学会会长等。有《小草在歌唱》《激情编年：雷抒雁诗选》等。

简　评

艾青说，这首诗里没有一个字是涉及雷雨的，却充分写出了雷雨的感觉。以"强盛"形容夏天，是新鲜的；以"隆隆的车马"形容雷雨，以"奔驰在夜的长街"形容雷雨正在进行，都是新鲜的比喻。"夜"和"长街"都加深了雷雨的感觉。他还说，这是真正的小诗，语言精练，达到了明快、单纯、朴素的标准，使人读后，留下深刻的奇特的印象。

雨

雷抒雁

五月的雨滴,
像熟透的葡萄,
一颗,一颗,
落进大地的怀里!
这是酿造的季节呵!
到处是蜜的气息。
到处是酒的气息。

简　评

在这首诗中,诗人以"熟透的葡萄"来形容"五月的雨滴",是独创的,包含个人的主观感受,不但写出了夏天阵雨的分量及猛烈浇灌的感觉,而且赋予常见事物以异样的色彩和美感。"葡萄"这一意象还生发出以下"酿造""蜜""酒"的意念,运用了集中地表现事物的手法,使诗的意境更醇浓,更醉人。

一棵开花的树

席慕蓉

如何让你遇见我
在我最美丽的时刻

为这
我已在佛前求了五百年
求它让我们结一段尘缘

佛于是把我化作一棵树
长在你必经的路旁
阳光下慎重地开满了花
朵朵都是我前世的盼望

当你走近　请你细听
颤抖的叶是我等待的热情
而当你终于无视地走过
在你身后落了一地的
朋友啊
那不是花瓣
是我凋零的心

作　者

席慕蓉（1943年—），女，笔名有萧瑞、漠蓉、穆伦、千华等。祖籍内蒙古察哈尔盟，生于重庆。1949年迁至香港。1954年由香港赴台湾。先后毕业于台湾师范大学艺术系和比利时布鲁塞尔皇家艺术学院。长期担任新竹师专美术科教授。有《七里香》《无怨的青春》等。

简　评

诗人谈这首诗的写作背景：自己在台湾新竹师范学院（今新竹教育大学）教书时，有一次在5月坐火车经过苗栗的山间，当火车从一个很长的山洞出来以后,她无意间回头朝山洞后面的山地上张望,看到高高的山坡上有一棵油桐开满了白色的花。"那时候我差点叫起来,我想怎么有这样一棵树,这么慎重地把自己全部开满了花,看不到绿色的叶子,像华盖一样地站在山坡上。可是,我刚要仔细看的时候,火车一转弯,树就看不见了。"诗人念念不忘,心想,如此美丽的花树是否很快就会面临凋零?于是写下了这样一首通于佛心的情诗。在诗中,树变形成了"我";而现实中的"我"呢,却变形成"我"所等待的那个人。"阳光下慎重地开满了花,朵朵都是我前世的盼望""颤抖的叶是我等待的热情""在你身后落了一地的,朋友啊,那不是花瓣,是我凋零的心",展不尽之意如在目前,可圈可点。

玛河——写给我的生命

杨牧

我真想
我真想我的歌声
千秋永存——
像不息的长江直奔大海,
在那里得到永恒的生命!

但我是一条内陆河。
短短的河——
沙漠里诞生,
沙漠里消隐。

——为了大漠的
焦渴与信赖,
献出全部的热血与生命。

……只有过一个
奢求的梦:
在绿茸茸叶片的脉茎里,
默默地流着我的涛声。

作　者

　　杨牧(1944年—),四川渠县人。曾在新疆度过二十五个春秋,当过工人,做过牧工,担任过石河子市文联副主席、兵团文联副主席、自治区文联副主席及《绿风》诗刊主编。曾任中国诗歌协会副主席、四川省作家协会副主席、《星星》诗刊主编。有《复活的海》《野玫瑰》《雄风》等。

简　评

　　诗人有两个故乡,一个是生养之地的天府之国,一个是承载其生命和精神的家园新疆石河子。他说过,一个作家,总应该站在时代的高点,怀着对世界和人生的恋情,为了民族的精髓而歌唱。玛河是流经新疆石河子的一条内陆河,也是诗人的生命之河。这首诗巧妙地由玛河联想到另外两条河,一条是现实中的、显形的——长江,诗人心向往之的东注大海之河;一条是梦中的、隐形的——叶脉,诗人意念中默默流淌的河。前一条河是人们都能想到的,后一条河则是别人想不到的,奇妙之处是诗人居然听见它的"涛声"。

故乡

杨牧

没有离开故乡的时候,
故乡是一幅铺在地上的画。
我在画中走来走去,
只看到天边遥远的云霞。

远远地离开了故乡的时候,
故乡是一幅挂起来的画。
一抬头便能看见,
每当月下透过一层薄薄的纱。

简 评

　　故乡——人们在年轻时总想离开,而年老时又总想回归的地方。这首诗通过一幅"画"的两种展示设喻,既新鲜又耐人寻味。此外,这里还涉及一个美学命题——距离产生美。朱光潜举例说,北方人初看到西湖,平原人初看到峨眉,即便是审美力薄弱,也惊讶它们的奇景;但对生长在西湖或峨眉的人来说,除了以居近名胜自豪以外,心里往往觉得西湖和峨眉实在也不过如此。人们对于现在和过去的态度也有同样的分别——本来是很酸辛的遭遇,到后来往往变成很甜美的回忆。总之,人在进行审美活动时,必须与对象保持适当的距离,如时间距离、空间距离和心理距离,不受实际的切身的利害牵绊,才能做到赏心悦目。

想飞的山岩——惊心动魄的一瞥

叶延滨

一只鹰,一只挣扎的鹰
向江心伸直尖利的嘴吻
爪子陷进山腹
两只绝望而倔强的鹰翅上
翼羽似的松林
在凄风中颤动
一块想飞腾的山岩
数百年还是数千年啊
永远只是一瞬
浓缩为固体的一瞬
想挣扎出僵死的一瞬

一个凝固为固体的梦境
一个酝酿在诗人心中
来不及写出的悲壮的史诗
你是自由前一秒的囚徒
又是死亡前一秒的存在
是延续数千年追求的痛苦
对岸是亭亭玉立的神女峰
是听凭命运的安宁

那颗心早已是石头了
她早已不会动
也永远不能动

想飞的鹰，我能飞吗？
当你挣脱这浓缩千年的一秒
你的自由将需要你
用耸立千年的雄姿换取
你将消失
和禁锢你的死神一起消失
我相信，你会飞的
你的飞腾是一场山崩地裂
你的身躯会跌入大江
你的灵魂是真正的鹰
骄傲地飞越神女峰的头顶

作　　者

叶延滨（1948年—），生于哈尔滨，在成都读小学，在凉山西昌读中学，在延安插队，在富县总后军马场当牧工、仓库保管员，后陆续当工人、工厂团委书记、文工团创作员及新闻报道干事等。1978年上大学，在校期间获全国诗歌奖并加入中国作家协会。曾任《星星》诗刊主编、《诗刊》主编、中国作家协会全国委员会委员。有《叶延滨诗选》《不悔》《二重奏》等。

简　　评

"这首诗不是咏物诗而是象征诗。诗人把抽象的意绪感受'移注'到具体生动的拟物描写中，构成了具有多种象征含义的意象。在具体的叙写中，一方面，诗人依据山岩本身所具备的质感和动感,先化动为静,把一切的意念力量全部积蓄起来,然后再化静为动,释放意念力量,使之爆发出强烈的冲击力和穿透力。另一方面,诗人在用博喻阐释形象的象征意义时,又巧妙地在同一空间设置了象征克制、安宁的神女峰作为参照系,在动与静、刚与柔、强与弱、疾与缓的鲜明对比中,热烈赞颂了人的生命伟力和追求自由、追求理想的顽强的搏击精神。"(徐生林)

回答

北岛

卑鄙是卑鄙者的通行证,
高尚是高尚者的墓志铭。
看吧,在那镀金的天空中,
飘满了死者弯曲的倒影。

冰川纪过去了,
为什么到处都是冰凌?
好望角发现了,
为什么死海里千帆相竞?

我来到这个世界上,
只带着纸、绳索和身影。
为了在审判之前,
宣读那些被判决的声音。

告诉你吧,世界,
我——不——相——信!
纵使你脚下有一千名挑战者,
那就把我算作第一千零一名。

我不相信天是蓝的,
我不相信雷的回声,
我不相信梦是假的,
我不相信死无报应。

如果海洋注定要决堤,
就让所有的苦水注入我心中。
如果陆地注定要上升,
就让人类重新选择生存的峰顶。

新的转机和闪闪星斗,
正在缀满没有遮拦的天空。
那是五千年的象形文字,
那是未来人们凝视的眼睛。

作　　者

北岛(1949年—),本名赵振开,祖籍浙江湖州,生于北京。香港中文大学讲座教授。民间诗歌刊物《今天》的创办者。有多部著作,作品被译成二十余种文字。被选为美国艺术文学院终身荣誉院士。朦胧诗派代表人物之一。有《北岛诗歌集》《太阳城札记》等。

简　　评

　　这首诗并没有实录现实,"而是哲理地、象征地勾出一幅价值颠倒、是非混淆的世界图景;这样,一声'我不相信'的回答和四个相同句式的排比才有振聋发聩的力量。诗是社会心理建设的利器,《回答》雕塑了一代人的形象。他们怀疑、批判、反抗旧的异化的世界,又树立对人自身的信念,又没有放弃对历史的信任,对社会的责任和对未来的追求。在历史、未来与现实的结合点上,站着真正的、有着理性的批判意识和博大人道主义精神的一代。"(莫海斌)"卑鄙是卑鄙者的通行证,高尚是高尚者的墓志铭",是新诗中最广为传诵的名句。

致橡树

舒婷

　　我如果爱你——
　　绝不像攀缘的凌霄花,
　　借你的高枝炫耀自己;
　　我如果爱你——
　　绝不学痴情的鸟儿,
　　为绿荫重复单调的歌曲;
　　也不止像泉源,
　　常年送来清凉的慰藉;
　　也不止像险峰,
　　增加你的高度,衬托你的威仪。
　　甚至日光。

甚至春雨。
不,这些都还不够!
我必须是你近旁的一株木棉,
作为树的形象和你站在一起。
根,紧握在地下;
叶,相触在云里。
每一阵风过,
我们都互相致意,
但没有人,
听懂我们的言语。
你有你的铜枝铁干,
像刀,像剑,也像戟;
我有我红硕的花朵,
像沉重的叹息,
又像英勇的火炬。
我们分担寒潮、风雷、霹雳;
我们共享雾霭、流岚、虹霓。
仿佛永远分离,
却又终身相依。
这才是伟大的爱情,
坚贞就在这里:
爱——
不仅爱你伟岸的身躯,
也爱你坚持的位置,
足下的土地。

作　　者

舒婷（1952年—），女，原名龚佩瑜，生于福建石码镇（今属福建龙海），定居厦门。2006年，当选厦门市文联主席。2016年，当选中国作家协会第九届全国委员会委员。朦胧诗派代表人物之一。有《双桅船》《会唱歌的鸢尾花》等。

简　　评

这首诗倾倒过无数读者。诗人谈它的写作背景——福建有位归侨老诗人到鼓浪屿作客，畅谈平生际遇道：有漂亮的女孩子，却没有才气；有才气的女孩子又不漂亮；又漂亮又有才气的女孩子，又很凶悍，找一个十全十美的女孩子难啊。她听后很生气，当晚写成了这首诗，发表时才改作《致橡树》。并说："实际上，橡树是永不可能在南国跟木棉树生长在一起的，在这首诗中，是将它俩作为男性与女性的指代物。"但读者都把它作为爱情诗来读，认为是爱的一方对另一方的倾诉，角度是平视的，以清醒的理想倾向为特色的。更有人认为诗中写的爱情具有悲剧性，因为橡树生长在北方，木棉生长在南方，永远不可能站到一起。古人云："作者未必然，读者何必不然。"此诗亦然。

还给我

严力

请还给我那扇没有装过锁的门
哪怕没有房间也请还给我

请还给我早晨叫醒我的那只雄鸡

哪怕被你吃掉了
也请把骨头还给我

请还给我半山坡上的那曲牧歌
哪怕被你录在了磁带上
也请把笛子还给我

请还给我
我与我兄弟姐妹们的关系
哪怕只有半年也请还给我

请还给我爱的空间
哪怕已经被你污染了
也请把环保的权利还给我
请还给我整个地球
哪怕已经被你分割成
一千个国家
一亿个村庄
也请你还给我

作　　者

严力（1954年—），祖籍浙江宁海，生于北京。1985年留学美国。旅美画家、纽约一行诗社社长。朦胧诗派代表人物之一。有《体内的月亮：严力诗选》《这首诗可能还不错》等。

简　　评

这首诗全由祈使句构成，诗人这是在和谁对话？无非是偷走一切的时间。虽然一切都回不去了，讨不回来了，诗人还是像一个想不开的失主，恳求已将赃物挥霍一空的盗贼似的，一再重复同一句话："请还给我。"伊沙说："命定要由严力来开启中国的另类诗歌，与中国诗歌的新老传统完全反向的诗路，严力成了第一个大胆的上路者。即使在这首挺'正'的《还给我》中，严力也能做到举重若轻，请体会那来自诗人生命状态的轻松感，请体会他诗句间的巨大张力。"

耳顺

梁平

上了这个年纪，
一夜之间，开始掩饰、躲闪、忌讳，
绕开年龄的话题。我恰恰相反，
很早就挂在嘴上的年事已高，
高调了十年，才有值得炫耀的老成持重。
耳顺，就是眼顺、心顺，
逢场不再作戏，马放南山，
刀枪入库，生旦净末丑已经卸妆，
激越处过眼云烟心生怜悯。
耳顺能够接纳各种声音，
从低音炮到海豚音，
从阳春白雪到下里巴人，
甚至花腔、民谣、摇滚、嘻哈，

皆可入耳，婉转动听。
从此，世间任何角落冒出的杂音，
销声匿迹。

作　　者

梁平（1955年—），生于重庆。中国作家协会全委会委员、中国作家协会诗歌委员会副主任、四川省作家协会副主席，国家一级作家。《人间烟火》获得第十五届十月文学奖诗歌奖。有《梁平诗选》《三十年河东》等。

简　　评

孔子说："六十而耳顺。"一般认为这是说个人修为成熟，没有不顺耳之事，也听得进逆耳之言，是以无碍于心。"耳顺"在现代中国，也是男士退休的门槛儿，不少人为此偷改出生年月，所以是敏感的话题。该诗一反常态，表现出坦荡的气派。以下一面写对种种悦耳之声（从低音炮到海豚音，从阳春白雪到下里巴人，甚至花腔、民谣、摇滚、嘻哈……）的接纳，一方面写对噪音的屏蔽。也有正话反说，表示一种屈服和不屈服。全诗一气呵成，耐人寻味。

一代人

顾城

黑夜给了我黑色的眼睛，
我却用它寻找光明。

作　　者

顾城（1956年—1993年），原籍上海，生于北京。1988年赴新西兰讲学，后隐居激流岛。朦胧诗派代表人物之一，被称为当代的"唯灵浪漫主义"诗人。有《顾城的诗》《顾城诗全编》《灵台独语》等。

简　评

　　诗可以短到什么程度呢？依我看，无论用"网"字来诠释"生活"有多么巧妙，一个单字都不能构成一首诗，恰如一个音符不能成为一首歌，一个动作不能成为一支舞。因为诗、乐、舞的必要条件是节奏和旋律。这首诗只有两句，可以算是最短的新诗了。所谓一代人，指在动荡中成长起来的一代人，"黑夜"喻指那个年代；而"黑色的眼睛"则具有双重寓意，一是它被欺骗很阴郁，二是它"在被欺骗之后发生了深刻的怀疑，它在黑暗中，渐渐培养起一种觉悟，一种适应力和穿透力，它具有了全新的品质，最终成为'黑夜'的叛逆，成为'寻找光明'的生命意志的象征。在'黑色的眼睛'这个深层意象中，受骗和觉醒被神奇地结成一体"（陈超）。这两句诗成功的奥秘不外乎此。

眨眼

顾城

　　我坚信
　　我目不转睛

　　彩虹
　　在喷泉中游动
　　温柔地顾盼行人
　　我一眨眼——
　　就变成了一团蛇影

时钟

在教堂里栖息

沉静地磕着时辰

我一眨眼——

就变成了一口深井

红花

在银幕上绽开

兴奋地迎接春风

我一眨眼——

就变成了一片血腥

为了坚信

我双目圆睁

简　评

　　此诗可与前诗参读。"好在他选择的形象很得体，因此人们信服诗人笔下的'错觉'：彩虹——蛇影，时钟——深井，红花——血腥；两两相比，由前一个感觉跳到后一个感觉，并不显得突兀，两者之间或在形状，或在色彩，或在质感上都有某种相似之处，所以这种'错觉'容易被读者接受；它的成功之处还在于，和它们各各所对应的物体相比，'蛇影''深井''血腥'给人一种触目惊心的感觉，人们从中可以清晰地看到那个错误的年代在人心灵上投下的阴影。""诗除了直截了当地点明作者写的就是'错觉'，还在开头结尾重复地呼喊着'坚信'！遥相呼应，有意造成戏剧性的效果。"（戴达）

热爱生命

汪国真

我不去想,
是否能够成功,
既然选择了远方,
便只顾风雨兼程。

我不去想,
能否赢得爱情,
既然钟情于玫瑰,
就勇敢地吐露真诚。

我不去想,
身后会不会袭来寒风冷雨,
既然目标是地平线,
留给世界的只能是背影。

我不去想,
未来是平坦还是泥泞,
只要热爱生命,
一切,都在意料之中。

作　者

汪国真(1956年—2015年),祖籍福建厦门,生于北京。

1982年毕业于暨南大学中文系，后到中国艺术研究院工作。1990年出版首本诗集《年轻的潮》。有多种《汪国真诗文集》，诗集发行量创有新诗以来诗集发行量之最，时称"汪国真现象"。

简　　评

　　汪国真诗有一个共同主题，就是励志。诗人像是收集许多格言，写成一些漂亮话，非"缘事而发"者，所以属于新诗的浅派，却大受中学生的欢迎。因为很正能量，所以适合上节目和做教材。这首诗是他的代表作。毛翰说："读此篇，则可想一位在人生路上奋然前行的现代青年的英姿。抒情主人公的形象弥补了诗中比兴手法之不足。故而质实未必浅露，直抒胸臆之作未必失之直白。"

最怕

凸凹

最怕和哥在山上
在山上也无妨
最怕飘来偏东雨
飘来偏东雨也无妨
最怕附近有岩洞
附近有岩洞也无妨
最怕哥拉妹子钻进去
哥拉妹子钻进去也无妨
最怕燃起一堆柴火
燃起一堆柴火也无妨啊
千万千万莫要妹子烤衣裳

作　　者

凸凹（1962年—），本名魏平，祖籍湖北孝感，生于四川都江堰。1998年入中国作家协会。现为成都市作家协会副主席。有《大师出没的地方》《桃花的隐约部分》《手艺坊》等。

简　　评

这首诗的内容人人懂的。妹子和哥上山时的想与怕，用古人的话说，就是"怅犹豫而狐疑""申礼防以自持"（曹植）。其创意，在于形式上的五处重复加五个"也无妨"，步步为营，步步退让，抵到墙脚，戛然而止。好比用瓦片在水面上打漂，一处重复加一个"也无妨"，等于打出了一个漂。古诗《独漉篇》云："独漉独漉，水深泥浊；泥浊尚可，水深杀我。""泥浊尚可"就是"泥浊也无妨"，只打出一个漂。凸凹好身手，居然一连打出五个漂，自然是后来居上了。

亚洲铜

海子

亚洲铜，亚洲铜
祖父死在这里，父亲死在这里，我也将死在这里
你是唯一的一块埋人的地方

亚洲铜，亚洲铜
爱怀疑和爱飞翔的是鸟，淹没一切的是海水
你的主人却是青草，住在自己细小的腰上，守住野花

的手掌和秘密

亚洲铜，亚洲铜
看见了吗？那两只白鸽子，它是屈原遗落在沙滩上的白鞋子
让我们——我们和河流一起穿上它吧

亚洲铜，亚洲铜
击鼓之后，我们把在黑暗中跳舞的心脏叫作月亮
这月亮主要由你构成

作　　者

　　海子（1964年—1989年），本名查海生，安徽怀宁人。1979年考入北京大学法律系。1982年开始诗歌创作，为"北大三诗人"之一。1989年在山海关卧轨自杀，年仅二十五岁。有《海子的诗》《海子诗全编》等。

简　　评

　　这是海子的成名作，写他的乡恋，将老家放大到了"亚洲"。作为诗题和诗中不断呼唤的名字，"亚洲铜"是诗人发明的词语。他曾在《现代诗内部交流资料》上发表此诗时于旁边写过几句凌乱的注释，从这些注释里可以知道，"亚洲铜"指的是像铜一样的黄土地。以"亚洲"为铜与黄土地的定语，还应与人种的肤色相关。全诗四节叠咏，都是随想，全靠对"亚洲铜"的一声声呼唤把这些片段串联起来。最奇特的片段，是"那两只白鸽子，它是屈原遗落在沙滩上的白鞋子，让我们——我们和河流一起穿上它吧"，可见诗人即便知道归宿是土地，却还是向往天空。另一个随想是"铜——鼓——舞"，这三个字被拆散，放在第四节，诗人

用"月亮"比拟舞者跳动的"心脏",因为月亮也有铜的颜色。宇航员从月球上看地球,也是一个大"月亮"。诡谲,原来也是一种美。

面朝大海,春暖花开

海子

从明天起,做一个幸福的人
喂马,劈柴,周游世界
从明天起,关心粮食和蔬菜
我有一所房子,面朝大海,春暖花开

从明天起,和每一个亲人通信
告诉他们我的幸福
那幸福的闪电告诉我的
我将告诉每一个人

给每一条河每一座山取一个温暖的名字
陌生人,我也为你祝福
愿你有一个灿烂的前程
愿你有情人终成眷属
愿你在尘世获得幸福
我只愿面朝大海,春暖花开

简　评

　　这首诗写对明天的憧憬，写作时离诗人自杀仅隔两个月时间。"面朝大海，春暖花开"，像是说海市蜃楼。"全诗有两套系统。一套系统是由'喂马，劈柴'开始，经由'从明天起，关心粮食和蔬菜'，到'我有一所房子，面朝大海，春暖花开'结束……主要讲营造幸福生活所做的物质层面的事。全诗末尾一句'我只愿面朝大海，春暖花开'是这套押韵系统的一次遥远的回响。……这套押韵系统以日常生活的画面的精心描绘，揭示了一种较为朴素的愿望与真挚的情感。另一套系统由'陌生人，我也为你祝福'开始，到'愿你有情人终成眷属'结束。这套系统承上启下，既是对第二小节中'告诉他们我的幸福'的承继，又是第三小节倒数第二句的'愿你在尘世获得幸福'的先声。它所抒发的是抒情主人公的美好愿望与博爱的胸怀。"（帅泽兵）诗人想拒绝负面情绪，并给自己以积极的心理暗示，在生活中没做到，在诗中做到了。

献给玛丽莲·梦露的五行诗

西川

　　这样一个女人被我们爱戴
　　这样一个女人我们允许她学坏
　　这样一个美丽的女人
　　酗酒，唱歌，叼着烟卷
　　这样一个女人死得不明不白

作　　者

　　西川（1963年—），原名刘军，江苏徐州人。1985年毕业于北京大学英文系。与海子、骆一禾合称"北大三诗人"。现执教于中央美术学院人文学院。被录入英国剑桥《杰出成就名人录》。有《中国的玫瑰》《西川的诗》等。

简　　评

　　这首诗让人一读难忘。诗人引爱伦·坡的话"天底下最感人的，莫过于一个美丽女子的死亡"说："有一个词似乎是专为梦露而创造的，那便是'香消玉殒'，她使我们对生命的虚无和悲剧性有了更深一层的体会和认识。"诗中给人印象最深的一句话是"这样一个女人我们允许她学坏"。而诗人心中的玛丽莲·梦露是"明媚的""无邪的""春天的"，虽然她"酗酒，唱歌，叼着烟卷"。诗中的"我们"是指世上的男性，诗人说："女人是世界、历史和生活的坐标；在这个坐标上男人们一眼就能看出自己是否庸俗、粗野、邪恶和愚蠢。"显然，"我们"每一个人对于她的"学坏"和"死得不明不白"，都应当承担一定的责任。

走得太快的人

李元胜

走得太快的人
有时会走到自己前面去
他的脸庞会模糊
速度给它掺进了
幻觉和未来的颜色

同样，走得太慢的人

　　　　有时会掉到自己身后
　　　　他不过是自己的阴影
　　　　有裂缝的过去
　　　　甚至，是自己一直
　　　　试图偷偷扔掉的垃圾

　　　　坐在树下的人
　　　　也不一定刚好是他自己
　　　　有时他坐在自己的左边
　　　　有时坐在自己的右边
　　　　幸好总的来说
　　　　他都坐在自己的附近

作　　者

　　李元胜（1963年—），四川武胜人。重庆文学院专业作家、重庆市作家协会副主席、中国作家协会诗歌创作委员会委员。曾获鲁迅文学奖诗歌奖、2017年"陈子昂年度诗人奖"等。有《李元胜诗选》《我想和你虚度时光》等。

简　　评

　　精神分析学家把我分成本我、自我、超我。诗人则把我分成"我"（自己）和"非我"。不管是"走得太快"，"走到自己前面"了，还是"走得太慢"，"掉到自己身后"了，"我"都会异化为"非我"，成为不真实的自己，或成为自己的拖累。如果既不走太快，又不走太慢，"我"和"非我"是否就完全重合呢？诗人说，"也不一定刚好是他自己。有时他坐在自己的左边，有时坐在自己的右边"，如柳宗元所说的"回风一萧瑟，林影久参差"，但比走太快和走太慢要好得太多，"幸好总的来说，他都坐在自己的附近"。诗人对人的这种分析,很有趣,又很形象,读来益人心智。

村小·生字课

高凯

蛋　蛋　鸡蛋的蛋
调皮蛋的蛋　乖蛋蛋的蛋
红脸蛋蛋的蛋
张狗蛋的蛋
马铁蛋的蛋

花　花　花骨朵的花
桃花的花　杏花的花
花蝴蝶的花　花衫衫的花
王梅花的花
曹爱花的花

黑　黑　黑白的黑
黑板的黑　黑毛笔的黑
黑手手的黑
黑窑洞的黑
黑眼睛的黑

外　外　外面的外

　　　　　窗外的外　山外的外　外国的外
　　　　　谁还在门外喊报到的外
　　　　　外　外——
　　　　　外就是那个外

　　　　　飞　飞　飞上天的飞
　　　　　飞机的飞　宇宙飞船的飞
　　　　　想飞的飞　抬膀膀飞的飞
　　　　　笨鸟先飞的飞
　　　　　飞呀飞的飞……

作　者

　　高凯（1963年—），甘肃合水人。现为甘肃省作家协会副主席、甘肃省文学院院长。一级作家。曾获全国优秀儿童文学奖、甘肃省文艺突出贡献奖、首届闻一多诗歌大奖等。有《心灵的乡村》《纸茫茫》《乡愁时代》《高凯诗选》等。

简　评

　　袁枚诗写村学云："漆黑茅柴屋半间，猪窝牛圈浴锅连。牧童八九纵横坐，天地玄黄喊一年。"这首新诗比袁枚绝句还要活泼、还要好。诗人不再简单地叙述，而是具体在表现如何"喊"了——这一串儿飞出村学的琅琅书声，是多么熟悉的声音。在琅琅书声的背后，是鲜活的人——张狗蛋、马铁蛋、王梅花、曹爱花……土得掉渣的名字，半土半洋的组词，有乡土气息，有时代感，有太多的信息；是山里孩子的写真——调皮蛋、乖蛋蛋、红脸蛋、花衫衫、黑手手；是一些生活细节——一个孩子迟到了在门外喊报到；村童思想短路，一时词穷（外就是那个外）；山里孩子对"山外"的憧憬，对"飞"的向往……总之，俯拾即是中有追琢，模仿中有创造，似随机实经心，形式无可效仿，所以为佳。

麻城村八两重的黄昏

许庭杨

麻城村的黄昏只有八两
没有哪个地方的黄昏敢说有半斤

走进麻城村时
黄昏正好在我前面
岑寂约五钱,凉爽有半两
几声鸟叫不列入计算
山风比鸟叫还轻

玉米,葵花,白菜,辣椒
发出的香味凝成一团
起码有五两
从森林里悄悄跑出来的山野气息
足以压弯新、旧体诗的诗句
从西边山顶射过来的夕光
只需一缕
就压住困惑,不能上升

行走在麻城村黄昏里
我踏得很重的脚步

溅起来的,全部都是宁静

作　者

许庭杨(1963年—),四川叙永人。四川省作家协会委员,叙永县作家协会副主席。作品曾发表于《中国作家》《诗刊》《星星》等多家刊物。

简　评

这首诗写扶贫题材,贴近现实。标题就很新奇,有吸引人读下去的欲望:一个乡村的黄昏,八两的重量是如何计算并组成的?果然,最重的是蔬菜果实的香味,这就是这首诗的重心所在。作为一个驻村干部,没有比看到沉甸甸的蔬果更开心的事了,看到果实,就是看到幸福,看到希望。这首诗意象丰富,语言灵动。山村的一景一物,甚至一缕风,都是有灵气有重量的,诗人看到这派收获的风景,内心的喜悦,脚步的喜悦,和结尾的宁静形成对比,更让人觉得这种丰收是一种必然。

另一个情人藏在床下

叶辉

关于这个女人。她的一个情人曾躲进
大衣柜。另一个情人藏在床下。接着她的丈夫回来了
所有的情感一下子绽放
如同一扇久闭的大门

他和他是同一个人,甚至他和他们也是的
在一些时间、一些气候里

像是在模仿。她的丈夫脱去衣裤,照镜子
他就是镜子背面的那人。他躺在床上
则是床下之人的反影

作　　者

叶辉(1964年—),生于江苏高淳县(今属南京)。有《在糖果店》《对应》《遗址:叶辉诗集》等。

简　　评

这首诗是对性开放的一种揶揄。诗须有变形,荒诞也是一种变形手法。触动诗人灵感的事,原是生活中较常见且不足道的事。但诗人通过这个窗口,却洞悉到人性深处的东西。这种灵机一动,也叫灵感,是诗的受孕。诗中的丈夫脱去衣裤,一照镜子,就成为镜子背面那个人,一躺床上,就成为床下之人的反影,这种荒诞的说法,也就是一种变形。生活中平庸琐屑之事,因为这个变形被催化成一首奇特的诗。

在江津清源宫

龚学敏

这么多水的偏旁,在庭院里用川腔说话。
水做的乌鸦,栖在渡口的幕布上。空心的蜀人不停地撒网。
我在渔网的阴天读书,经营客栈,替过往的雨滴,
验明正身。偶尔,赊一两首诗给他们。

在江津。水路通灌口,通麻将声声漫的川西坝子。还要通,

竹简们一千年长成的李字。
我把石板上的青写成了亲切的亲,被雨一淋,
手中的核桃便在源头处发芽。雨滴是飞翔的香火。
铁锈像小贩的爱情,在最不起眼的那一页闲散地浸着红,
并且,叶儿粑在叫卖声中传宗接代。

清有源。李冰的雨滴在途经江津时被人怀想。
我在渡口的客栈里用渡轮留下的汽笛打发余生。在江津,
等着你来翻看的,是传统的树叶上一个姓李的打坐,
和我手中一首淋满了水的诗。

作　　者

龚学敏(1965年—),四川九寨沟人。历任中学教员、警察、公务员、阿坝日报社总编辑、阿坝州作家协会主席等。现任四川省作家协会副主席。有《九寨蓝》《紫禁城》等。

简　　评

这是一首怀古之作。清源宫是为了纪念战国时期治水功臣李冰而建的,诗人来到这里怀古,首先想到的就是李冰。想到李冰治水,就不能不想到连绵的雨,过路的雨,雨就是这首诗的主线。当然,因为李冰,水患没有了,随之而来的是风调雨顺、国泰民安,是绝望变成希望的萌芽,是四通八达的水陆码头,是世世代代的香火、爱情、娱乐、食物。当然最终,这些都升华成了诗歌。这是一首怀古诗,更是一首感恩诗。诗人讲究唯美,善于把简单的问题复杂化,遂成独家风格。

一根白发

敕勒川

一根白发落在桌子上,像是一段
可有可无的时光,被人注意或者忽略
都已经不重要了

一根白发终于找到了自己
像命找到了命运
像人找到了人生

一根白发长长舒了一口气,仿佛一缕
累坏了的阳光,可以
安安静静地躺一躺了,然后

怯生生地说
我用一生,终于把身体里的黑暗
走完了

作　者

敕勒川(1967年—),原名王建军,内蒙古呼和浩特人。曾获《诗刊》2010年度青年诗人奖等多种奖项。有《细微的热爱》。

简　评

这首为落发写的诗,整个地用了拟人的手法。这首诗的诗眼,或者说种子,就在最后两句:"我用一生,终于把身体里的黑暗走完了",表达了一种解脱的意思。这一句是必须这样写,而前面所有的铺垫,则可以少说也可以多说,可以这样说也可以那样说的。诗人说得恰到好处,耐人寻味。

代替

郑兴明

代替父亲在黄昏散步
是因为,父亲只有做不完的活路
从没有空闲散步

代替父亲喝好一点的茶
是因为,父亲从不把一家人几天的口粮
这样糟蹋

代替父亲到城里上班
吃好,穿好,甚至犯错
是因为,父亲不愿我代替他
巴心巴肝只爱命贱的庄稼,不值钱的乡下

代替父亲成了父亲
代替父亲目光向下,热爱万物,敬鬼敬神
才发现自己多不孝顺

因为，乡土巴胃，我
　　延续了父亲不愈的风湿、胃病和心病

作　　者

　　郑兴明（1968年—），四川彭州人。现任彭州市文化馆副馆长、彭州市文联秘书长、彭州市湔江诗歌学会会长。作品曾获成都市"五个一"工程奖等。有《乡下的蟋蟀》《家在彭州》等。

简　　评

　　这首诗表现亲子之爱、人伦之美。儿子是父亲生命的延续，想想父辈的苦，想想我们的甜，而我们的甜，正是父辈希望看到的，也可以说是父辈的苦熬成的。代替父亲好好活着，活得好好的，继续走他想让"我"走的道路，应该是父亲最想看到的结果。但是，血浓于水，终归还是继承到了他的真、他的善、他的传统、他骨子里的痛和坚持，无可奈何地，也遗传到他的某些疾病。这首诗从头到尾就是一场痛心的体会，也是一场幸福的体会。

送葬

曹东

　　一群人抬着一个人的尸体
　　走在离开的路上
　　也可以说，一个人的尸体带领一群人
　　走在回去的路上

作　　者

　　曹东（1971年—），四川武胜人。中国作家协会会员。曾获四川文学奖、冰心儿童文学新作奖等。有《许多灯》《少数诗篇》。

简　评

　　这首短诗极富理趣。前两句是缘事而发，由于死人的事经常发生，"一群人抬着一个人的尸体，走在离开的路上"，此情此景，司空见惯。"也可以说"，相当于一个等号，是这首诗中的关捩。"一个人的尸体带领一群人，走在回去的路上"，则是闻所未闻、令人骇异的情景了。诗人的这一突然触着的联想，竟捅破了人间的一层窗户纸，即人间之事只需换一个角度，甚至只需换一个说法，竟然可以绘出完全不同的、甚至是黑白颠倒的图景。此诗体量极小，含量极大，可做多种阐释。

驼背

刘年

朋友说，你能不能挺起来
像没做过亏心事一样
我试过，可做不到
就像弓，无法拒绝弯曲
就像稻子到了秋天
无法阻止自己一点一点接近大地

作　者

　　刘年（1974年—），本名刘代福，湘西永顺人。曾任《边疆文学》《诗刊》编辑。曾获人民文学诗歌奖、红高粱诗歌奖等。有《为何生命苍凉如水》《行吟者》。

简 评

  诗中写的"驼背",并非残疾,而是一个人年龄增长的表现,亦即阅历和成长的表现。年龄越大,阅历越多,内心的成长越丰富,反不习惯挺胸凸肚。"就像弓,无法拒绝弯曲",代表一种必然;"就像稻子到了秋天,无法阻止自己一点一点接近大地",说明思想丰润到一定程度,就越懂得低头。低头不是屈服,是为了贴近给予我们营养和成长的大地,大地是我们的衣食父母。"幸甚至哉,歌以咏志",此诗就如此这般,赋予了自然的生理衰老现象以很高的意境。

打谷场的麦子

余秀华

五月看准了地方,从天空垂直打下
做了许久的梦坠下云端
落在生存的金黄里

父亲又翻了一遍麦子
内心的潮湿必须对准阳光
这样的麦子才配得上一冬不发霉
翻完以后,他掐起一粒麦子
用心一咬
便流出了一地月光

如果在这一打谷场的麦子里游一次泳

一定会洗掉身上的细枝末节
　　和抒情里所有的形容词
　　怕只怕我并不坚硬的骨头
　　承受不起这样的金黄色

作　者

　　余秀华（1976年—），湖北钟祥石牌镇横店村人。出生时因倒产、缺氧而造成脑瘫。高中毕业后，赋闲在家。2009年开始写诗，2014年起在《诗刊》发表诗作。曾获农民文学奖、湖北文学奖等。有《月光落在左手上》《摇摇晃晃的人间》等。

简　评

　　这首诗写丰收的喜悦。与其说是麦子的梦想，不如说是农人的梦想，是父老乡亲的梦想。在麦子里游泳，是欢喜的表达，也是思想的一次洗礼。诗人有一身傲骨，不怕洗礼。但骨子里对粮食的敬畏，让她在完美的麦子面前，有了特别的自卑。